Œuvres & thèmes

Collection dirigée par Hélène Potelet et Georges Décote

Corneille

Le Cid

Texte intégral

Un genre

La tragi-comédie

Groupement de textes

Le héros

Tite-Live, Chrétien de Troyes, Victor Hugo, Balzac, Lucie Aubrac, Gotlib et Lob

Hatier
ris 2012
3N 2-218-96319-3
SN 0184 0851

Anne Moussier
Agrégée de lettres classiques

Hatier

L'air du temps

1637, la première du *Cid*

Début janvier, le jeune et brillant Pierre Corneille donne une nouvelle pièce : *Le Cid*. Le public parisien, séduit, en répète partout certaines répliques inoubliables : « Rodrigue, as-tu du cœur ? » ; « À moi, Comte, deux mots ! »

Louis XIII et son ministre Richelieu règnent sur une France divisée : révoltes et complots se succèdent. L'autorité de Richelieu permet de rétablir la stabilité.

À la même époque…

- La France est en guerre contre l'Espagne dans les Flandres espagnoles.
- Galilée a été condamné par le Tribunal de l'Inquisition pour avoir dit que la Terre tourne autour du Soleil et n'est pas le centre de l'univers.
- Richelieu crée l'Académie française (1635).
- Le peintre espagnol Diego Vélasquez peint le *Portrait équestre du prince Balthazar Carlos*.

Sommaire

Pierre Corneille par Nicolas Poussin.

Repères pour commencer

Corneille (1606-1684)

Un auteur à succès

Pierre Corneille naît le 6 juin 1606, à Rouen, dans une famille de la bourgeoisie aisée et bien établie. C'est chez les Jésuites, au collège Maulévrier, que le jeune Pierre fait ses études. Il gardera de cette éducation une piété solide et un véritable humanisme, mais aussi le culte de la volonté et de la domination de soi : les héros de ses tragédies en témoigneront plus tard. Il poursuit sa formation par des études de droit, puis devient avocat du roi au siège des Eaux et Forêts et à l'Amirauté de France à Rouen. Il occupera cet office, acheté pour lui par son père, pendant une vingtaine d'années. Très vite, il se lance aussi dans la carrière littéraire : tout en exerçant sa fonction d'avocat, il écrit ses premières pièces. Dès sa vingt-troisième année, il séduit le public parisien en donnant une comédie : *Mélite* (1629). Suivront d'autres pièces fort bien accueillies : une tragi-comédie, *Clitandre* (1631), des comédies, *La Place royale* (1634) et *L'Illusion comique* (1636) notamment, ainsi qu'une tragédie, *Médée* (1635). Cette solide réputation lui vaut d'être choisi en 1635 pour être l'un des cinq auteurs chargés d'écrire des pièces dont le cardinal de Richelieu, ministre de Louis XIII, propose l'idée ou même la trame. Il travaille désormais sous la protection du cardinal et perçoit une pension.

Janvier 1637 : première du *Cid* et nouveau succès pour Corneille. Le jeune auteur (il n'a que 30 ans) confirme son talent, emportant une fois encore l'adhésion enthousiaste du public. Dorénavant, sur un rythme de création intense, il présente surtout des pièces tirées de l'histoire romaine telles *Horace* (1640), *Cinna ou la clémence d'Auguste* (1642) et *Polyeucte* (1643). Il est l'auteur de trente-trois œuvres dramatiques. À partir de 1648, alors que s'ouvre cette période troublée qu'est la Fronde, ses pièces ne rencontrent plus le triomphe régulier qui les accueillait auparavant et Corneille interrompt son activité théâtrale en 1653. Il revient à la scène, en 1659, avec *Œdipe* qui remporte un certain succès. Mais son étoile pâlit décidément avec l'arrivée d'un jeune auteur, Racine, dont *Andromaque* triomphe en 1667. Corneille tente de surpasser son rival en traitant le même sujet que lui : malheureusement, sa pièce *Tite et Bérénice* échoue en novembre 1670 face à *Bérénice*, celle de Racine. Si Corneille a certainement souffert de la désaffection du public à son égard, il a toujours eu ses partisans, et fut de son vivant considéré comme un auteur classique dont les œuvres ont été plusieurs fois rééditées. Sa dernière pièce, *Suréna* (1674), écrite alors qu'il était presque septuagénaire, est d'ailleurs considérée comme un chef-d'œuvre. Il a renouvelé le théâtre français du XVIIe siècle en créant la tragédie politique, aspect qui apparaît déjà dans *Le Cid*.

Les sources du Cid

Ruy Diaz de Bivar, surnommé « Cid » (« Seigneur », de l'arabe *Sidi*) et « Campeador » (« vainqueur »), est un chef de guerre espagnol qui vécut de 1040 à 1099 et lutta aussi bien contre les souverains chrétiens espagnols que contre les Mores (musulmans venus d'Afrique du Nord) à qui il arracha la ville de Valence, où il mourut. Il avait épousé une certaine Ximena (Chimène). Son existence fut très vite embellie par la légende et, en 1621, l'auteur dramatique Guillén de Castro publia *Las Mocedades del Cid* (*La jeunesse du Cid*), pièce dont l'action se déroule sur trois années. Corneille s'est inspiré de cette œuvre (il ne s'en est jamais caché), en l'adaptant au goût et aux préoccupations des Français de son époque, pour écrire *Le Cid*.

Le contexte historique

Pour comprendre le succès que remporte *Le Cid*, il est important de resituer le contexte historique. Devant Rodrigue qui sauve son pays de l'attaque des Maures, les spectateurs pensent à la guerre qui oppose depuis 1635 la France à l'Espagne. Le roi d'Espagne qui règne alors sur un vaste territoire comprenant, outre la péninsule ibérique, les Pays-Bas espagnols (actuelle Belgique), est allié à l'empereur d'Autriche, issu comme lui de la famille des Habsbourg. La puissance de cette grande maison de Habsbourg menace donc la France de tous côtés. En août 1636, quelques mois avant la représentation du *Cid*, les Espagnols

s'emparent de Corbie, ville française située sur la Somme (Nord de la France), et envoient même une avant-garde jusqu'à Pontoise, près de Paris, provoquant une panique et un début d'exode. Corbie est reprise en novembre 1636 et les Espagnols refoulés : Paris est sauvé… comme Séville dans la pièce.
Le problème du duel est également d'actualité, puisque de nombreux édits royaux ont instauré des peines sévères pour les duellistes et que le cardinal de Richelieu est décidé à punir les nobles qui contreviennent aux lois. Le duel entre Rodrigue et don Gomès, ainsi que l'attitude insoumise de ce dernier personnage peuvent faire penser à l'opposition que le pouvoir royal rencontre alors dans la noblesse.

Une tragi-comédie originale

Le Cid appartient sans conteste au genre de la tragi-comédie, très à la mode au début du XVIIe siècle : le dénouement est heureux et l'action se caractérise par un grand nombre de péripéties (duels, combats, quiproquos). Le thème des amants qui deviennent ennemis est également représentatif de ce genre dramatique. Cependant, on trouve dans les tragi-comédies de l'époque des éléments auxquels Corneille a renoncé : l'action, souvent complexe, pouvait mêler plusieurs intrigues et se dérouler sur plusieurs années en des lieux fort éloignés les uns des autres, le comique côtoyait franchement le tragique. Corneille, dans une volonté de sobriété, a resserré l'action dans le temps et l'espace et tout l'intérêt du spectateur est porté sur le conflit intérieur qui déchire les deux héros. Les péripéties sont surtout destinées à mettre en valeur et à faire évoluer ce conflit.

La réception et la querelle du Cid

Le Cid est créé par les comédiens les plus fameux de l'époque, dont le célèbre Mondory (âgé alors de quarante-six ans) dans le rôle titre. L'accueil du public est triomphal : « La foule a été si grande à nos portes, écrit Mondory, et notre lieu a été si petit que des recoins du théâtre […] ont été des places de faveur. »
Les mises en scène modernes ne rendent pas toujours compte de la manière dont la pièce est alors représentée. En raison de son succès,

les spectateurs de qualité s'installent sur la scène même pour mieux la voir. Les costumes ne cherchent pas à respecter l'exactitude historique : il faut imaginer un Rodrigue vêtu comme d'Artagnan et non comme un chevalier du Moyen Âge espagnol. Le décor représente simultanément, dans différents compartiments, tous les lieux où se déroule la pièce : les éléments qui ne sont pas utilisés sont momentanément cachés par un rideau.
Cette pièce si bien accueillie par le public est aussi la cause d'une violente querelle qui oppose Corneille et ses partisans aux « doctes », c'est-à-dire aux experts. Les rivaux de Corneille (Mairet, puis Scudéry) l'accusent essentiellement d'avoir plagié Guillén de Castro et d'avoir transgressé les règles de l'art dramatique classique. En effet, les théoriciens de l'époque, s'inspirant du philosophe grec Aristote, préconisent des règles destinées à conférer aux œuvres dramatiques plus de perfection. Il s'agit de la règle des trois unités, ainsi que celles de la vraisemblance et de la bienséance.

• *La règle des trois unités* comprend *l'unité de temps* (l'action doit être concentrée en une journée, au plus vingt-quatre heures), *l'unité de lieu* (l'action doit se dérouler en un seul lieu, l'idéal étant qu'elle utilise un décor unique), *l'unité d'action* (l'attention du spectateur doit se porter sur une seule intrigue qui doit se dénouer sans intervention extérieure).

• *La règle de vraisemblance* veut que l'action reste crédible, sans faire appel à des éléments irrationnels, à des coups de théâtre inadmissibles.

• *La règle de bienséance* demande d'éviter tout ce qui pourrait choquer le spectateur : violences ou sang sur scène en particulier.

Au nom de ces règles, les critiques s'abattent sur Corneille : l'unité de lieu ne serait pas respectée, les actions se bousculeraient dans le cadre des vingt-quatre heures qui sont censées les contenir ; le mariage d'une fille avec le meurtrier de son père serait chose trop extraordinaire pour satisfaire la vraisemblance ; le personnage de Chimène serait impudique et inconvenant. En outre, de nombreux vers sont condamnés comme pur charabia.

Pour trancher la querelle, Scudéry demande l'arbitrage de l'Académie française, placée sous le patronage de Richelieu : les sentiments de l'Académie française sur la tragi-comédie du *Cid* paraissent à la fin de 1637. L'originalité de Corneille par rapport à son modèle espagnol est reconnue mais le choix du sujet (trop invraisemblable, bien qu'historiquement vrai) et le personnage de Chimène sont blâmés. Profondément blessé par cette querelle, Corneille reste trois ans sans écrire et, après avoir été lui-même élu à l'Académie française, modifie légèrement sa pièce en 1648 (la rebaptisant « tragédie »), puis à nouveau en 1660. C'est cette dernière version qui est généralement étudiée et représentée.

En fait, *Le Cid* est une pièce charnière dans la carrière de Corneille : se rattachant aux tragi-comédies à la mode par le thème de la brouille des amants et par ses péripéties nombreuses, elle inaugure un nouveau type de conflit, purement tragique, en nous présentant des personnages déchirés intérieurement, qui excitent notre pitié. En outre, elle propose une réflexion politique sur le pouvoir et le rôle du souverain face aux seigneurs.

La langue de Corneille

Certains mots rencontrés dans Le Cid *vous paraissent familiers, alors qu'ils ont au* XVII*e* *siècle un sens différent, souvent plus proche de leur étymologie latine. Attention : ils sont sources d'erreurs de compréhension ! Ce lexique comprend également des mots appartenant au vocabulaire soutenu ou imagé.*

Amant : celui qui aime et est aimé en retour.

Appas : charme, attrait.

Charmer : envoûter, ensorceler.

Chef : tête.

Cœur : courage, vaillance.

Courage : sentiment éprouvé.

Déplaisir : désespoir, souffrance profonde.

Ennui : douleur insupportable.

Étrange : extraordinaire, difficile à concevoir.

Fer : épée (métonymie).

Feux (ou flamme) : amour passionné (métaphore).

Flatter : tromper.

Gêner : tourmenter violemment.

Généreux : plein d'une noblesse d'âme qui est le signe d'une haute naissance.

Gloire : volonté de rester digne de l'idée que l'on a de soi, sens de l'honneur, réputation.

Hymen (ou hyménée) : mariage.

Magnanime : plein de grandeur, noble dans ses actions.

Maison : famille tout entière, lignée.

Querelle : cause, défense.

Ravir : transporter de bonheur, bouleverser agréablement.

Ressentiments : sentiments hostiles ou douloureux.

Sang : signifie souvent la lignée (métaphore).

Soin : souci.

Souffrir : supporter, endurer, accepter.

Succès : issue, résultat.

Trépas : la mort.

Vain : orgueilleux.

Vertu : 1. Vaillance, courage.
2. Force morale (s'applique aussi bien aux femmes).

Corneille

Le Cid

Bataille entre Maures et Chrétiens dans l'Histoire des sept enfants de Lara. Gravure du XVIIe siècle.

Le Cid

Les personnages

DON[1] FERNAND, *Ferdinand Ier, roi de Castille*[2] *(1017 env.-1065).*

DONA URRAQUE, *Infante*[3] *de Castille.*

DON DIÈGUE, *père de don Rodrigue.*

DON GOMÈS, *comte de Gormas, père de Chimène.*

DON RODRIGUE, *amant*[4] *de Chimène.*

DON SANCHE, *amoureux*[5] *de Chimène.*

DON ARIAS, *gentilhomme castillan.*

DON ALONSE, *gentilhomme castillan.*

CHIMÈNE, *fille de don Gomès.*

LÉONOR, *gouvernante*[6] *de l'Infante.*

ELVIRE, *gouvernante de Chimène.*

Un page de l'Infante.

La scène est à Séville[7].

1. Titre signalant un noble espagnol.
2. Région du centre de l'Espagne, défendue par des forteresses contre les incursions des Maures.
3. En Espagne et au Portugal, titre donné aux filles de roi nées après un premier enfant.
4. Qui aime et est aimé.
5. Qui aime sans être aimé.
6. À la cour et dans le monde aristocratique, femme chargée de l'éducation des enfants.
7. Corneille situe la scène à Séville, ville située non en Castille mais en Andalousie, région du sud de l'Espagne, pour que Rodrigue puisse combattre les Maures dans les limites de l'unité de temps (cf. v. 617 à 620).

Acte premier

Scène première

CHIMÈNE, ELVIRE.

Chez Chimène.

CHIMÈNE

Elvire, m'as-tu fait un rapport bien sincère ?
Ne déguises-tu rien[1] de ce qu'a dit mon père ?

ELVIRE

Tous mes sens à moi-même en sont encor charmés[2] :
Il estime Rodrigue autant que vous l'aimez,
Et si je ne m'abuse à lire[3] dans son âme,
Il vous commandera de répondre à sa flamme[4].

CHIMÈNE

Dis-moi donc, je te prie, une seconde fois
Ce qui te fait juger qu'il approuve mon choix :
Apprends-moi de nouveau quel espoir j'en dois prendre ;
Un si charmant discours ne se peut trop entendre ;
Tu ne peux trop promettre aux feux de notre amour
La douce liberté de se montrer au jour.
Que t'a-t-il répondu sur la secrète brigue[5]
Que font auprès de toi don Sanche et don Rodrigue ?
N'as-tu point trop fait voir quelle inégalité
Entre ces deux amants me penche d'un côté ?

ELVIRE

Non ; j'ai peint votre cœur dans une indifférence
Qui n'enfle d'aucun d'eux ni détruit l'espérance,

1. Ne me caches-tu rien ?
2. Envoûtés, ensorcelés.
3. Si je ne me trompe en lisant.
4. Amour.
5. Intrigue destinée à obtenir quelque chose (ici la main de Chimène).

Et sans les voir d'un œil trop sévère ou trop doux,
Attend l'ordre d'un père à choisir un époux.
Ce respect l'a ravi, sa bouche et son visage
M'en ont donné sur l'heure un digne témoignage,
Et puisqu'il nous en faut encor faire un récit,
Voici d'eux et de vous ce qu'en hâte il m'a dit :
« Elle est dans le devoir, tous deux sont dignes d'elle,
Tous deux formés d'un sang noble, vaillant, fidèle,
Jeunes, mais qui font lire aisément dans leurs yeux
L'éclatante vertu[6] de leurs braves aïeux.
Don Rodrigue surtout n'a trait en son visage[7]
Qui d'un homme de cœur[8] ne soit la haute image,
Et sort d'une maison[9] si féconde en guerriers,
Qu'ils y prennent naissance au milieu des lauriers[10].
La valeur de son père, en son temps sans pareille,
Tant qu'a duré sa force, a passé pour merveille ;
Ses rides sur son front ont gravé ses exploits,
Et nous disent encor ce qu'il fut autrefois.
Je me promets du fils ce que j'ai vu du père ;
Et ma fille, en un mot, peut l'aimer et me plaire. »
Il allait au conseil, dont l'heure qui pressait
A tranché[11] ce discours qu'à peine il commençait ;
Mais à ce peu de mots je crois que sa pensée
Entre vos deux amants n'est pas fort balancée[12].
Le roi doit à son fils élire un gouverneur[13],
Et c'est lui que regarde[14] un tel degré d'honneur :
Ce choix n'est pas douteux, et sa rare[15] vaillance
Ne peut souffrir qu'on craigne aucune concurrence.

6. Courage, vaillance.
7. N'a pas un trait de son visage.
8. Homme valeureux, courageux.
9. Famille.
10. Le laurier est le symbole de la victoire.
11. A interrompu.
12. N'hésite pas du tout.
13. Choisir pour son fils un homme chargé de son éducation.
14. C'est le père de Chimène qui est concerné par.
15. Exceptionnelle.

Sophia Loren (Chimène) dans Le Cid, film réalisé par Anthony Mann (1961).

Comme ses hauts exploits le rendent sans égal,
Dans un espoir si juste il sera sans rival ;
Et puisque don Rodrigue a résolu[16] son père
Au sortir du conseil à proposer l'affaire[17],
Je vous laisse à juger s'il prendra bien son temps[18],
Et si tous vos désirs seront bientôt contents.

CHIMÈNE

Il semble toutefois que mon âme troublée
Refuse cette joie et s'en trouve accablée :
Un moment donne au sort des visages[19] divers,
Et dans ce grand bonheur je crains un grand revers.

ELVIRE

Vous verrez cette crainte heureusement déçue[20].

CHIMÈNE

Allons, quoi qu'il en soit, en[21] attendre l'issue.

16. A décidé.
17. C'est-à-dire la demande en mariage.
18. S'il saura saisir l'occasion.
19. Aspects.
20. Détrompée.
21. Du conseil.

Repérer et analyser

Le langage théâtral

Les répliques et les didascalies

Le langage théâtral est constitué des *répliques* (propos échangés par les personnages) et des *didascalies* (indications de mise en scène).
Une *tirade* est une longue réplique qu'un personnage prononce d'une seule traite.

1 Lisez la didascalie initiale (liste des personnages) et la didascalie de la scène 1.
a. Dans quelle ville l'action se déroule-t-elle ? Dans quel lieu précis ? À quel siècle ?
b. À quel rang social les personnages appartiennent-ils ?
2 **a.** Observez les répliques. Qui sont les personnages qui prennent la parole ?
b. Repérez une tirade. Qui la prononce ?

La versification

À l'origine, les œuvres déclamées, comme le théâtre, étaient souvent en vers car le vers facilite la mémorisation.
Au Moyen Âge, le vers le plus souvent utilisé est l'octosyllabe (huit syllabes).
Au XVIIe siècle, toutes les tragédies et bon nombre de comédies sont en alexandrins.
L'alexandrin régulier est un mètre de 12 syllabes qui comporte deux coupes fixes, l'une à la césure (sur la sixième syllabe, c'est-à-dire à l'hémistiche ou moitié du vers), l'autre à la fin du vers. L'alexandrin comporte des coupes secondaires qui créent des effets de rythme. Il convient d'en tenir compte à la lecture.
Exemples :
– Et ma fille,/en un mot,//peut l'aimer,/et me plaire
(codage du vers : 3/3/3/3)
– Et dans ce grand bonheur/je crains un grand revers
(codage du vers : 6/6)

3 **a.** Retrouvez le codage des vers 7 à 10 et lisez-les en respectant leur rythme.
b. Examinez la disposition des rimes. Dites si elles sont plates (aabb), croisées (abba) ou embrassées (abab).

L'exposition

Le langage théâtral repose sur une situation de *double énonciation* : les propos échangés par les personnages sont destinés non seulement aux personnages présents sur la scène, mais aussi aux spectateurs.
Les toutes premières scènes d'une pièce de théâtre doivent fournir au spectateur les principales informations qui lui permettront de comprendre la pièce (personnages, circonstances...). On les appelle *scènes d'exposition*.

L'intrigue amoureuse

4 **a.** Quelles informations sont fournies au spectateur sur les sentiments de Chimène ? De qui est-elle amoureuse ? Cet amour est-il partagé ? Quel est l'autre personnage qui prétend à sa main ?
b. Quelles informations sont également fournies sur le choix de son époux ? Qui va en décider ?
c. À quel moment la demande en mariage aura-t-elle lieu ?

Les relations entre les personnages

5 Qu'apprend encore le spectateur :
a. sur les relations qu'entretiennent Chimène et Elvire ? Qui utilise le tutoiement ? Qui utilise le vouvoiement ?
b. sur les relations qui existent entre Chimène et son père ? Le respecte-t-elle ? Lui obéit-elle ?

L'intrigue politique

6 **a.** Quelle décision le roi doit-il prendre ?
b. Quel personnage est-il pressenti pour servir le roi ?

Les techniques de l'exposition

7 Montrez en citant le texte que le dialogue entre les deux personnages semble avoir commencé avant le lever du rideau. Quel est l'effet produit sur le spectateur ?

8 **a.** Repérez les phrases de type interrogatif. Pour quelle raison Chimène pose-t-elle des questions à Elvire ?
b. Quel est le rôle de la tirade d'Elvire dans l'exposition ?
c. De qui Elvire rapporte-t-elle les paroles ? Quel est l'effet produit ?

Le personnage de Chimène

L'antithèse

L'*antithèse* est une figure de style qui consiste à opposer deux mots, deux expressions ou deux notions contraires. Elle permet de faire ressortir un contraste saisissant.

9 **a.** Quels sont les deux termes qui s'opposent dans le vers 56 ? À quelle place sont-ils dans le vers ?
b. En quoi traduisent-ils l'état d'esprit de Chimène ? Comment expliquez-vous cet état d'esprit ?

Les attentes du spectateur

10 Quelles questions le spectateur se pose-t-il à l'issue de cette scène ?

Étudier la langue

Le lexique

11 « entre ces deux amants » (vers 16) : quel est le sens du mot amant au XVIIe siècle ? Quelle différence de sens y avait-il au XVIIe siècle entre les mots « amant » et « amoureux » ? Aidez-vous des notes, p. 12.

12 « charmés » (vers 3) : au XVIIe siècle, le verbe « charmer » a un sens très fort : il signifie envoûter, ensorceler. Ce sens subsiste encore dans certaines expressions : « être sous le charme de quelqu'un », « le charme est rompu », « un charmeur de serpents ».
Quel est le sens du verbe « charmer » aujourd'hui ?

Acte I

Scène 2

L'Infante, Léonor, le Page.

Chez l'Infante.

L'Infante

Page, allez avertir Chimène de ma part
Qu'aujourd'hui pour me voir elle attend un peu tard,
Et que mon amitié se plaint de sa paresse. *(Le page rentre.)*

Léonor

Madame, chaque jour même désir vous presse ;
Et dans son entretien[1] je vous vois chaque jour
Demander en quel point se trouve son amour.

L'Infante

Ce n'est pas sans sujet : je l'ai presque forcée
À recevoir les traits[2] dont son âme est blessée.
Elle aime don Rodrigue, et le tient de ma main,
Et par moi don Rodrigue a vaincu son dédain :
Ainsi de ces amants ayant formé les chaînes[3],
Je dois prendre intérêt à voir finir leurs peines.

Léonor

Madame, toutefois parmi leurs bons succès
Vous montrez un chagrin qui va jusqu'à l'excès.
Cet amour, qui tous deux les comble d'allégresse,
Fait-il de ce grand cœur la profonde tristesse ?
Et ce grand intérêt que vous prenez pour eux

1. Tandis que vous parlez avec elle.
2. Éprouver les souffrances de l'amour (on représente souvent l'amour comme un enfant qui lance des flèches que l'on appelle aussi des *traits*).
3. Les liens de l'amour qui les tiennent prisonniers de leurs sentiments.

Vous rend-il malheureuse alors qu'ils sont heureux ?
Mais je vais trop avant et deviens indiscrète.

L'INFANTE

Ma tristesse redouble à la tenir secrète.
Écoute, écoute enfin comme j'ai combattu,
Écoute quels assauts brave encore ma vertu[4].
L'amour est un tyran qui n'épargne personne :
Ce jeune cavalier, cet amant que je donne,
Je l'aime.

LÉONOR

Vous l'aimez !

L'INFANTE

Mets la main sur mon cœur,
Et vois comme il se trouble au nom de son vainqueur,
Comme il le reconnaît.

LÉONOR

Pardonnez-moi, Madame,
Si je sors du respect pour blâmer cette flamme.
Une grande princesse à ce point s'oublier
Que d'admettre en son cœur un simple cavalier[5] !
Et que dirait le Roi ? que dirait la Castille ?
Vous souvient-il encor de qui vous êtes fille ?

L'INFANTE

Il m'en souvient si bien que j'épandrai mon sang
Avant que je m'abaisse à démentir[6] mon rang.
Je te répondrais bien que dans les belles âmes
Le seul mérite a droit de produire des flammes[7] ;
Et si ma passion cherchait à s'excuser,

4. Force morale.
5. Gentilhomme (qui n'est pas de sang royal).
6. Ne pas se montrer digne de.
7. Susciter l'amour.

Mille exemples fameux pourraient l'autoriser ;
Mais je n'en veux point suivre où ma gloire s'engage[8] ;
La surprise des sens[9] n'abat point mon courage ;
Et je me dis toujours qu'étant fille de roi,
Tout autre qu'un monarque est indigne de moi.
Quand je vis que mon cœur ne se pouvait défendre,
Moi-même je donnai ce que je n'osais prendre.
Je mis, au lieu de moi, Chimène en ses liens,
Et j'allumai leurs feux pour éteindre les miens.
Ne t'étonne donc plus si mon âme gênée[10]
Avec impatience attend leur hyménée[11] :
Tu vois que mon repos en dépend aujourd'hui.
Si l'amour vit d'espoir, il périt avec lui :
C'est un feu qui s'éteint, faute de nourriture ;
Et malgré la rigueur de ma triste aventure,
Si Chimène a jamais Rodrigue pour mari,
Mon espérance est morte, et mon esprit guéri.
Je souffre cependant un tourment incroyable :
Jusques à cet hymen[11] Rodrigue m'est aimable.
Je travaille à[12] le perdre, et le perds à regret ;
Et de là prend son cours mon déplaisir[13] secret.
Je vois avec chagrin que l'amour me contraigne
À pousser des soupirs pour ce que je dédaigne ;
Je sens en deux partis mon esprit divisé :
Si mon courage est haut, mon cœur est embrasé ;
Cet hymen m'est fatal, je le crains et souhaite :
Je n'ose en espérer qu'une joie imparfaite.
Ma gloire et mon amour ont pour moi tant d'appas[14],
Que je meurs s'il s'achève ou ne s'achève pas.

8. Je ne veux pas prendre une voie qui mette ma gloire en danger.
9. L'amour (qui prend les sens par surprise).
10. Violemment tourmentée.
11. Mariage.
12. Je fais tout pour.
13. Désespoir, souffrance profonde.
14. Attraits.

LÉONOR

Madame, après cela je n'ai rien à vous dire,
Sinon que de vos maux[15] avec vous je soupire :
Je vous blâmais tantôt, je vous plains à présent ;
Mais puisque dans un mal si doux et si cuisant
Votre vertu combat et son charme et sa force,
En repousse l'assaut, en rejette l'amorce[16],
Elle rendra le calme à vos esprits flottants[17].
Espérez donc tout d'elle, et du secours du temps ;
Espérez tout du ciel : il a trop de justice
Pour laisser la vertu dans un si long supplice.

L'INFANTE

Ma plus douce espérance est de perdre l'espoir.

LE PAGE

Par vos commandements Chimène vous vient voir.

L'INFANTE, *à Léonor.*

Allez l'entretenir en cette galerie.

LÉONOR

Voulez-vous demeurer dedans[18] la rêverie ?

L'INFANTE

Non, je veux seulement, malgré mon déplaisir,
Remettre mon visage un peu plus à loisir.
Je vous suis. Juste ciel, d'où j'attends mon remède,
Mets enfin quelque borne au mal qui me possède :
Assure mon repos, assure mon honneur.
Dans le bonheur d'autrui je cherche mon bonheur :
Cet hyménée à trois également importe ;

15. Vos malheurs.
16. Le premier mouvement.
17. Votre esprit désorienté.
18. Dans.

Rends son effet plus prompt[19], ou mon âme plus forte.
D'un lien conjugal joindre ces deux amants,
C'est briser tous mes fers[20] et finir mes tourments.
Mais je tarde un peu trop : allons trouver Chimène,
Et par son entretien soulager notre peine.

Le Cid. Mise en scène de Paul Émile Deiber, décor de André Delfau, pour la Comédie-Française, Paris, 1963.

| **19.** Sa réalisation plus rapide. | **20.** Les liens de l'amour qui m'emprisonnent.

Repérer et analyser

Le lieu

La règle des unités

Le théâtre classique français du XVIIe siècle était soumis à la *règle des trois unités* :
- *unité d'action* (un seul événement central) ;
- *unité de temps* (l'action ne doit pas excéder vingt-quatre heures) ;
- *unité de lieu* (l'action devait se dérouler en un seul endroit, une pièce d'un palais, un palais, une ville à la limite).

1 Dans quel lieu la scène se situe-t-elle ? Y a-t-il changement par rapport à la scène précédente ?

L'exposition (suite)

Le personnage de l'Infante

2 Qui est l'Infante ? De quel personnage est-elle la fille ?

3 **a.** Qui l'Infante aime-t-elle en secret ?

b. Pour quelle raison l'Infante ne peut-elle s'abandonner à son amour ?

c. Entre quels différents sentiments l'Infante est-elle partagée ? Pour répondre, appuyez-vous sur les champs lexicaux de l'amour et de l'honneur.

d. Pour quelle raison appuie-t-elle les amours de Rodrigue et de Chimène et attend-elle avec impatience leur mariage ? Aidez-vous des vers 105-106.

4 **a.** Relevez les termes qui traduisent la souffrance de l'Infante.

b. La sentence

La *sentence* exprime en une courte phrase une idée générale.

Relevez un vers dans lequel l'Infante définit l'amour. En quoi cette définition correspond-elle à la situation qu'elle vit ?

c. Le paradoxe

Le *paradoxe* est une proposition qui apparaît comme contradictoire.

Quel sens donnez-vous au vers 135 ? En quoi ce vers constitue-t-il un paradoxe et traduit-il l'état intérieur de l'Infante ?

Léonor

5 **a.** Qui est Léonor ?

b. Quelle est sa première réaction aux aveux que lui fait l'Infante ? Appuyez-vous pour répondre sur les types de phrases des vers 85 à 90.

c. Quel conseil lui donne-t-elle ensuite ?

Les hypothèses et les attentes du spectateur

6 **a.** Y a-t-il des obstacles à l'amour de Rodrigue et de Chimène au début de la pièce ?

b. Le spectateur peut-il s'attendre dès à présent à une suite heureuse à la pièce ?

Acte I

Scène 3

LE COMTE, DON DIÈGUE.
Une place publique devant le palais royal.

LE COMTE

Enfin vous l'emportez, et la faveur du Roi
Vous élève en un rang qui n'était dû qu'à moi :
Il vous fait gouverneur du prince de Castille[1].

DON DIÈGUE

Cette marque d'honneur qu'il met dans ma famille
Montre à tous qu'il est juste, et fait connaître assez
Qu'il sait récompenser les services passés.

LE COMTE

Pour grands que soient les rois, ils sont ce que nous sommes :
Ils peuvent se tromper comme les autres hommes ;
Et ce choix sert de preuve à tous les courtisans[2]
Qu'ils savent mal payer les services présents.

DON DIÈGUE

Ne parlons plus d'un choix dont votre esprit s'irrite :
La faveur l'a pu faire autant que le mérite ;
Mais on doit ce respect au pouvoir absolu,
De n'examiner rien[3] quand un roi l'a voulu.
À l'honneur qu'il m'a fait ajoutez-en un autre ;
Joignons d'un sacré nœud[4] ma maison et la vôtre :
Vous n'avez qu'une fille, et moi je n'ai qu'un fils ;
Leur hymen nous peut rendre à jamais plus qu'amis :
Faites-nous cette grâce, et l'acceptez pour gendre.

1. Fils du roi don Fernand (cf. v. 43, p. 14).
2. Ceux qui fréquentent la cour du roi.
3. Ne rien discuter.
4. Un lien sacré, c'est-à-dire un mariage.

LE COMTE

À des partis plus hauts ce beau fils doit prétendre ;
Et le nouvel éclat de votre dignité
Lui doit enfler le cœur d'une autre vanité.
Exercez-la, Monsieur, et gouvernez le Prince :
Montrez-lui comme[5] il faut régir une province,
Faire trembler partout les peuples sous sa loi,
Remplir les bons d'amour, et les méchants d'effroi.
Joignez à ces vertus celles d'un capitaine :
Montrez-lui comme il faut s'endurcir à la peine,
Dans le métier de Mars[6] se rendre sans égal,
Passer les jours entiers et les nuits à cheval,
Reposer tout armé, forcer une muraille,
Et ne devoir qu'à soi le gain d'une bataille.
Instruisez-le d'exemple[7], et rendez-le parfait,
Expliquant à ses yeux vos leçons par l'effet[8].

DON DIÈGUE

Pour s'instruire d'exemple, en dépit de l'envie,
Il lira seulement l'histoire de ma vie.
Là, dans un long tissu[9] de belles actions,
Il verra comme il faut dompter des nations,
Attaquer une place, ordonner une armée[10],
Et sur de grands exploits bâtir sa renommée.

LE COMTE

Les exemples vivants sont d'un autre pouvoir,
Un prince dans un livre apprend mal son devoir.
Et qu'a fait après tout ce grand nombre d'années,
Que ne puisse égaler une de mes journées[11] ?

5. Comment.
6. La guerre.
7. Par l'exemple.
8. Par des exemples concrets.
9. Enchaînement.
10. Ranger une armée en ordre de bataille.
11. Combats.

Si vous fûtes vaillant, je le suis aujourd'hui,
Et ce bras du royaume est le plus ferme appui.
Grenade et l'Aragon[12] tremblent quand ce fer[13] brille ;
Mon nom sert de rempart à toute la Castille :
Sans moi, vous passeriez bientôt sous d'autres lois,
Et vous auriez bientôt vos ennemis pour rois.
Chaque jour, chaque instant, pour rehausser ma gloire,
Met lauriers sur lauriers, victoire sur victoire :
Le Prince à mes côtés ferait dans les combats
L'essai de son courage à l'ombre de[14] mon bras ;
Il apprendrait à vaincre en me regardant faire
Et pour répondre en hâte à son grand caractère[15],
Il verrait…

DON DIÈGUE

Je le sais, vous servez bien le Roi :
Je vous ai vu combattre et commander sous moi[16].
Quand l'âge dans mes nerfs a fait couler sa glace,
Votre rare valeur a bien rempli ma place ;
Enfin, pour épargner les discours superflus,
Vous êtes aujourd'hui ce qu'autrefois je fus.
Vous voyez toutefois qu'en cette concurrence[17]
Un monarque entre nous met quelque différence.

LE COMTE

Ce que je méritais, vous l'avez emporté.

DON DIÈGUE

Qui l'a gagné sur vous l'avait mieux mérité.

12. Les royaumes de Grenade et d'Aragon étaient indépendants et non soumis à la Castille.
13. Cette épée.
14. À l'abri de.
15. Pour être à la hauteur du grand rôle qu'il aura à jouer.
16. Sous mes ordres.
17. Compétition.

LE COMTE

Qui peut mieux l'exercer en est bien le plus digne.

DON DIÈGUE

En être refusé n'en est pas un bon signe.

LE COMTE

Vous l'avez eu par brigue, étant vieux courtisan.

DON DIÈGUE

L'éclat de mes hauts faits fut mon seul partisan.

LE COMTE

Parlons-en mieux, le Roi fait honneur à votre âge.

DON DIÈGUE

Le Roi, quand il en fait[18], le mesure au courage.

LE COMTE

Et par là cet honneur n'était dû qu'à mon bras.

DON DIÈGUE

Qui n'a pu l'obtenir ne le méritait pas.

LE COMTE

Ne le méritait pas ! moi ?

DON DIÈGUE

Vous.

LE COMTE

Ton impudence[19],
Téméraire vieillard, aura sa récompense.
(Il lui donne un soufflet[20].)

18. Quand il fait honneur à quelqu'un.
19. Insolence.
20. Une gifle.

Gravure de Gravelot pour Le Cid, 1774. Paris, Bibliothèque de la Comédie-Française.

DON DIÈGUE, *mettant l'épée à la main.*

Achève, et prends ma vie, après un tel affront,
Le premier dont ma race ait vu rougir son front.

LE COMTE

Et que penses-tu faire avec tant de faiblesse ?

DON DIÈGUE

Ô Dieu ! ma force usée en ce besoin me laisse !

LE COMTE

Ton épée est à moi ; mais tu serais trop vain[21],
Si ce honteux trophée[22] avait chargé ma main.
Adieu : fais lire au Prince, en dépit de l'envie,
Pour son instruction, l'histoire de ta vie :
D'un insolent discours ce juste châtiment
Ne lui servira pas d'un petit ornement[23].

21. Mais tu serais fier sans raison.
22. Objet pris à un ennemi vaincu.
23. Ne sera pas un faible ornement (de l'histoire de ta vie).

Repérer et analyser

Le lieu

1 **a.** Dans quel lieu la scène se déroule-t-elle ? Y a-t-il changement de lieu par rapport aux deux scènes précédentes ?

b. En quoi la règle de l'unité de lieu n'est-elle que grossièrement respectée ?

2 Qui sont les deux personnages en présence ?

L'action

3 **a.** Que s'est-il passé hors-scène ? Citez les trois vers qui permettent au public de le savoir.

b. Dans quel passage précis de la scène 1 a-t-il été question de cet événement ? Citez le texte.

4 La péripétie

Une *péripétie* est un événement qui vient modifier le cours de l'action.

a. Quel événement se produit-il sur scène ? Appuyez-vous sur la didascalie.

b. Dites en quoi il marque une rupture avec ce qui précède et il noue l'action.

La progression du dialogue

Vers 151 à 169

5 **a.** Pour quelle raison le Comte est-il en colère ? Sur quel ton parle-t-il à don Diègue ?

b. Quelle critique le Comte émet-il contre le roi ? Citez deux vers qui ont allure de sentence.

c. Sur quel ton don Diègue lui répond-il ? Quelle proposition fait-il au Comte pour mettre fin à sa colère ?

d. Relevez les termes qui s'associent ou s'opposent en écho et donnent une grande vigueur à la discussion :

- vers 151/162 ;
- vers154/165 ;
- vers 159/161.

Vers 170 à 214

6 **a.** En quoi le Comte se montre-t-il méprisant et ironique à l'égard de don Diègue ?
b. Quelle est sa conception de l'éducation ? En quoi l'oppose-t-il à celle de don Diègue ?
c. À quel vers don Diègue interrompt-il le Comte ? Montrez en citant le texte que c'est à partir de ce moment que don Diègue passe à l'offensive.
d. L'hémistiche

L'*hémistiche* est la moitié d'un vers.

Rapprochez les vers 195 et 212. En quoi sont-ils construits chacun sur une opposition d'hémistiche à hémistiche ?

Vers 215 à 236

7 Les stichomythies

On entend par *stichomythie* un dialogue au cours duquel les personnages se répondent vers à vers, par des répliques très courtes.

a. Montrez, en citant le texte, que les personnages se répondent mot pour mot.
b. Quelle parole de don Diègue est provocante et marque la fin de l'échange ?
c. À partir de quel vers y a-t-il tutoiement ? Que peut traduire ce tutoiement ?
d. Quel personnage a-t-il le dessus à la fin de la scène ?

Le rythme de la scène

Le volume des répliques détermine le *rythme* d'une scène : si les répliques sont longues, organisées en tirades, le rythme se ralentit. Si elles sont courtes, le rythme est plus rapide.

8 **a.** En quoi le rythme de la scène s'accélère-t-il et traduit-il la progression de l'échange ? Appuyez-vous sur la longueur des répliques dans la scène.
b. Quel est l'effet produit par les stichomythies ?

Les personnages

L'*hyperbole* est une figure de style qui marque une exagération.

9 Relevez quelques expressions par lesquelles le Comte fait preuve d'un orgueil sans limite. Pour répondre, appuyez-vous sur l'utilisation des pronoms et déterminants de la première personne dans les vers 193 à 207, relevez les vers qui comportent des hyperboles, relevez les antithèses des vers 193-194, 195 à 200, et relevez les répétitions des vers 200-201.

10 En quoi don Diègue diffère-t-il du Comte ? Relevez des expressions qui montrent sa sagesse et sa modestie.

Les hypothèses et les attentes du spectateur

11 Quelles peuvent être les conséquences de cette scène pour la suite de l'action ? Pour quelle raison sont-elles tragiques pour Rodrigue et Chimène ?

S'exprimer à l'oral

Jouer un extrait de la scène

12 Mettez-vous à deux et choisissez d'apprendre les vers 191 à 236, le rôle du Comte et celui de don Diègue. Vous jouerez le passage en tenant compte de la situation des deux personnages et en respectant le rythme des alexandrins et des stichomythies.

Écrire

Rédiger des stichomythies

13 Deux personnages se disputent (jalousie, désaccord sur une décision à prendre ou sur un sujet précis, sur un achat…). Vous rédigerez six à dix répliques sous forme de stichomythies, en vers ou non.

Acte I

Scène 4

DON DIÈGUE.

Ô rage ! ô désespoir ! ô vieillesse ennemie !
N'ai-je donc tant vécu que pour cette infamie ?
Et ne suis-je blanchi[1] dans les travaux guerriers
Que pour voir en un jour flétrir tant de lauriers ?
Mon bras, qu'avec respect toute l'Espagne admire,
Mon bras, qui tant de fois a sauvé cet empire,
Tant de fois affermi le trône de son roi,
Trahit donc ma querelle[2], et ne fait rien pour moi ?
Ô cruel souvenir de ma gloire passée !
Œuvre de tant de jours en un jour effacée !
Nouvelle dignité, fatale à mon bonheur !
Précipice élevé d'où tombe mon honneur !
Faut-il de votre éclat voir triompher le Comte,
Et mourir sans vengeance, ou vivre dans la honte ?
Comte, sois de mon prince à présent gouverneur :
Ce haut rang n'admet point un homme sans honneur ;
Et ton jaloux orgueil, par cet affront insigne[3],
Malgré le choix du Roi, m'en a su rendre indigne.
Et toi, de mes exploits glorieux instrument,
Mais d'un corps tout de glace[4] inutile ornement,
Fer[5], jadis tant à craindre et qui, dans cette offense,
M'a servi de parade[6], et non pas de défense,
Va, quitte désormais le dernier des humains,
Passe, pour me venger, en de meilleures mains.

1. N'ai-je vieilli.
2. Ma cause, mon parti.
3. Éclatant.
4. Glacé par l'âge (cf. v. 209, p. 29).
5. Épée.
6. D'ornement.

Repérer et analyser

Le monologue

Au théâtre, le *monologue* est un discours que le personnage, seul sur scène, prononce à voix haute et dans lequel il exprime ce qu'il pense ou ressent. Le monologue permet au spectateur de connaître les états d'âme, les conflits intérieurs des personnages.

1 Quel affront don Diègue vient-il de subir ?

2 Quel est l'état intérieur de don Diègue ? Appuyez-vous sur :
- le vers 247 : en quoi a-t-il un rythme heurté par ses coupes ?
- les types de phrases.

3 L'anaphore et la métonymie

– L'*anaphore* est une figure de style qui consiste à répéter un mot ou un groupe de mots au début d'une phrase, d'un vers ou d'un membre de phrase.
– La *métonymie* est une figure de style qui consiste à remplacer un terme par un autre en vertu d'un rapport logique qui les associe. Exemple : ce fer pour désigner l'épée.

Relevez les oppositions qui structurent le monologue et qui soulignent l'obsession de don Diègue. Pour cela, appuyez-vous sur les champs lexicaux opposés de l'honneur et du déshonneur, l'anaphore que vous relèverez, associée à la métonymie (vous direz en quoi la métonymie fait référence à l'univers guerrier), les reprises et répétitions dans les vers 238 à 243, et les types et formes des phrases des vers 245 à 248.

4 L'apostrophe

L'*apostrophe* est une figure de style qui consiste à s'adresser à un être, un objet, présent ou absent, ou à une réalité que l'on personnifie.

a. Dans les vers 251 à 260, à qui don Diègue s'adresse-t-il par les apostrophes ?
b. À quelle charge renonce-t-il ?
c. Que symbolise l'épée ?

5 Quelle décision don Diègue prend-il à la fin du monologue ?

Les hypothèses et les attentes du spectateur

6 À quelle suite le spectateur peut-il s'attendre ? Appuyez-vous sur le dernier vers.

Étudier la langue

Le lexique

7 La racine grecque « log- » (discours) et la racine latine « loqu- » (parler) se retrouvent dans un certain nombre de mots français. Donnez le sens des mots suivants :

a. éloquence, éloquent, ventriloque, élocution, locuteur, interlocuteur ;
b. dialogue, néologisme.

Écrire

La parodie

La *parodie* est une imitation caricaturale d'une œuvre sérieuse.
Au XVIIe siècle, l'écrivain Boileau a écrit une parodie des scènes 3, 4 et 5 du *Cid* : deux écrivains sans talent se querellent. À la fin, le plus jeune arrache la perruque qui cache la calvitie du plus âgé. Le monologue commence par ces mots : « Ô rage ! ô désespoir ! ô perruque m'amie ! »

8 À votre tour, écrivez une parodie du monologue de don Diègue (une dizaine de vers). Vous pouvez vous inspirer de l'une des situations suivantes :
– un joueur de football a mal joué lors d'un match de coupe du monde. Il s'adresse à son ballon… ;
– un élève a raté un ou plusieurs devoirs. Dépité, il s'adresse à son stylo… (Exemple : ô math ! ô désespoir ! ô matière ennemie…)

Mettre en scène

9 Apprenez par cœur le monologue de don Diègue. Jouez-le, en veillant à bien respecter le rythme des alexandrins (diction), en accompagnant le texte des gestes qui peuvent convenir (gestuelle), et en réfléchissant aux jeux scéniques qui vous permettront de mettre en valeur l'épée (objet scénique).

Acte I

Scène 5

DON DIÈGUE, DON RODRIGUE.

DON DIÈGUE

Rodrigue, as-tu du cœur[1] ?

DON RODRIGUE

Tout autre que mon père
L'éprouverait sur l'heure.

DON DIÈGUE

Agréable colère !
Digne ressentiment[2] à ma douleur bien doux !
Je reconnais mon sang[3] à ce noble courroux[4] ;
Ma jeunesse revit en cette ardeur si prompte.
Viens, mon fils, viens, mon sang, viens réparer ma honte ;
Viens me venger.

DON RODRIGUE

De quoi ?

DON DIÈGUE

D'un affront si cruel,
Qu'à l'honneur de tous deux il porte un coup mortel :
D'un soufflet. L'insolent en eût perdu la vie ;
Mais mon âge a trompé ma généreuse envie[5] :
Et ce fer que mon bras ne peut plus soutenir,
Je le remets au tien pour venger et punir.
Va contre un arrogant éprouver ton courage :

1. Du courage, de la vaillance.
2. Réaction.
3. Ma lignée, ma descendance.
4. Colère.
5. Mon désir plein de noblesse d'âme, digne d'un personnage de haute naissance.

Ce n'est que dans le sang qu'on lave un tel outrage ;
Meurs, ou tue. Au surplus, pour ne te point flatter[6],
Je te donne à combattre un homme à redouter :
Je l'ai vu, tout couvert de sang et de poussière,
Porter partout l'effroi dans une armée entière.
J'ai vu par sa valeur cent escadrons rompus[7],
Et pour t'en dire encor quelque chose de plus,
Plus que brave soldat, plus que grand capitaine,
C'est...

DON RODRIGUE

De grâce, achevez.

DON DIÈGUE

Le père de Chimène.

DON RODRIGUE

Le...

DON DIÈGUE

Ne réplique point, je connais ton amour ;
Mais qui peut vivre infâme est indigne du jour.
Plus l'offenseur est cher, et plus grande est l'offense.
Enfin tu sais l'affront, et tu tiens la vengeance[8].
Je ne te dis plus rien. Venge-moi, venge-toi ;
Montre-toi digne fils d'un père tel que moi.
Accablé des malheurs où le destin me range[9],
Je vais les déplorer : va, cours, vole, et nous venge.

6. Tromper.
7. Mis en déroute.
8. Le moyen de me venger.
9. Auxquels le destin me soumet.

Repérer et analyser

Les relations entre les personnages

1 **a.** Qui sont les deux personnages en présence ? Quel est le personnage qui apparaît pour la première fois ?
b. Quel est le personnage qui prend le plus la parole ? Pour quelle raison selon vous ?

2 De quoi don Diègue veut-il convaincre Rodrigue ? Pour quelle raison cette entreprise sera-t-elle difficile ?

La progression du dialogue

3 Analysez la stratégie utilisée par don Diègue pour convaincre Rodrigue.
a. Dites quelle réaction il cherche à provoquer chez lui par la première question qu'il lui pose. La réponse est-elle conforme à son attente ?
b. Relevez le champ lexical de l'offense.
c. Le rejet

> Le *rejet* consiste à rejeter au début d'un vers la fin d'un membre d'une phrase commencée dans le vers précédent.

Dites quel est l'effet produit par le terme en rejet.
d. Relevez les expressions par lesquelles don Diègue implique son fils dans l'offense. Appuyez-vous notamment sur le jeu des pronoms personnels.

4 À quel vers don Diègue révèle-t-il le nom de l'offenseur ? Pour quelle raison a-t-il fait attendre ce nom ?

5 Relisez les vers 283 à 290.
a. Quel est le mode dominant dans ces vers ? Quelle est la valeur de ce mode ?
b. Combien de fois le verbe « venger » est-il utilisé ?
c. La gradation

> La *gradation* est une figure de style qui consiste à faire progresser une idée par une énumération de termes de plus en plus forts.

Relevez la gradation dans ce passage. Quel est l'effet produit ?

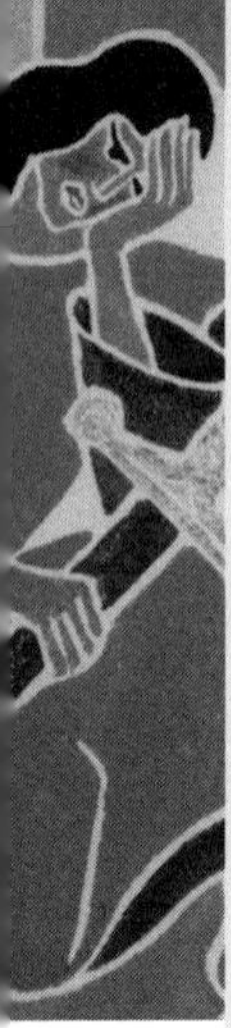

Rodrigue, un héros cornélien

La situation cornélienne

Corneille met souvent en scène des personnages confrontés à un dilemme, c'est-à-dire obligés de choisir entre deux situations contradictoires.

6 **a.** Pour quelle raison la tâche de Rodrigue sera-t-elle difficile ? Quel est le dilemme auquel il est confronté ?
b. En quoi sa situation est-elle tragique ?

La dimension politique

La pièce condamne l'ordre féodal marqué par les rivalités entre les nobles qui obéissaient à une morale de clan et qui se faisaient justice eux-mêmes, en vertu d'un code de la vengeance. La pièce célèbre l'ordre monarchique et la justice royale.

7 **a.** Montrez en citant le texte que les personnages sont issus d'une lignée familiale et qu'ils sont présentés comme appartenant à un clan.
b. En quoi don Diègue obéit-il au code de la vengeance ? Montrez que la vengeance est différente de la justice.

L'enjeu de la scène et les attentes du spectateur

8 Dites en quoi cette scène marque un tournant décisif dans l'action.

9 Quelle suite le spectateur peut-il imaginer ?

Acte I

Scène 6

DON RODRIGUE.

Percé jusques au fond du cœur
D'une atteinte imprévue aussi bien que mortelle,
Misérable[1], vengeur d'une juste querelle,
Et malheureux objet d'une injuste rigueur,
Je demeure immobile, et mon âme abattue
Cède au coup[2] qui me tue.
Si près de voir mon feu[3] récompensé,
Ô Dieu, l'étrange[4] peine !
En cet affront mon père est l'offensé,
Et l'offenseur le père de Chimène !

Que je sens de rudes combats !
Contre mon propre honneur mon amour s'intéresse[5] :
Il faut venger un père, et perdre une maîtresse :
L'un m'anime le cœur, l'autre retient mon bras.
Réduit au triste choix ou de trahir ma flamme[6],
Ou de vivre en infâme,
Des deux côtés mon mal est infini.
Ô Dieu, l'étrange peine !
Faut-il laisser un affront impuni ?
Faut-il punir le père de Chimène ?

Père, maîtresse, honneur, amour,
Noble et dure contrainte, aimable tyrannie,
Tous mes plaisirs sont morts, ou ma gloire[7] ternie.

1. Digne de pitié.
2. Fléchit, se courbe sous le coup.
3. Mon amour.
4. Extraordinaire.
5. Prend parti.
6. Mon amour.
7. Réputation, dignité.

L'un me rend malheureux, l'autre indigne du jour.
Cher et cruel espoir d'une âme généreuse[8],
Mais ensemble[9] amoureuse,
Digne ennemi de mon plus grand bonheur,
Fer qui cause ma peine,
M'es-tu donné pour venger mon honneur ?
M'es-tu donné pour perdre ma Chimène ?

Il vaut mieux courir au trépas[10].
Je dois à[11] ma maîtresse aussi bien qu'à mon père :
J'attire en me vengeant sa haine et sa colère ;
J'attire ses mépris en ne me vengeant pas.
À mon plus doux espoir l'un me rend infidèle,
Et l'autre indigne d'elle.
Mon mal augmente à le vouloir guérir[12] ;
Tout redouble ma peine.
Allons, mon âme ; et puisqu'il faut mourir,
Mourons du moins sans offenser Chimène.

Mourir sans tirer ma raison[13] !
Rechercher un trépas si mortel à ma gloire !
Endurer que l'Espagne impute à ma mémoire[14]
D'avoir mal soutenu l'honneur de ma maison !
Respecter un amour dont mon âme égarée
Voit la perte assurée !
N'écoutons plus ce penser suborneur[15],
Qui ne sert qu'à ma peine.
Allons, mon bras, sauvons du moins l'honneur,
Puisqu'après tout il faut perdre Chimène.

8. Noble.
9. En même temps.
10. À la mort.
11. J'ai des devoirs envers.
12. Quand je veux le guérir.
13. Sans demander réparation de l'offense, de l'affront.
14. M'accuse après ma mort.
15. Cette pensée qui détourne du devoir.

Le Cid, peinture de Mariano Fortuny (1838-1874). Barcelone, collection particulière.

Oui, mon esprit s'était déçu[16].
Je dois tout à mon père avant qu'à ma maîtresse :
Que je meure au combat, ou meure de tristesse,
Je rendrai mon sang pur comme je l'ai reçu.
Je m'accuse déjà de trop de négligence :
Courons à la vengeance ;
Et tout honteux d'avoir tant balancé[17],
Ne soyons plus en peine,
Puisqu'aujourd'hui mon père est l'offensé,
Si[18] l'offenseur est père de Chimène.

16. Trompé. | 17. Hésité. | 18. Même si.

Repérer et analyser

Le héros cornélien : la délibération

Les stances

Lorsqu'un personnage est confronté à un dilemme, il peut se livrer à un débat intérieur sous la forme de stances.
Les *stances* sont constituées de strophes construites sur le même modèle : les vers sont de longueur variable mais les rimes et la composition sont identiques d'une strophe à l'autre. Chaque stance se termine par une chute qui marque les étapes de la délibération (de la réflexion).

1 Quel choc affectif Rodrigue vient-il de subir ?

2 **a.** Quelles sont les deux options qui s'offrent à Rodrigue et entre lesquelles il hésite ?

b. Quels sont les deux mots qui reviennent à la rime dans chacune des strophes ? Que traduisent-ils ?

3 Relisez la strophe 1.
Quel sentiment Rodrigue exprime-t-il dans cette strophe ? Appuyez-vous sur un champ lexical.

4 Relisez les strophes 2 et 3.

a. Quel est le vers qui vous semble traduire le mieux le « combat » intérieur de Rodrigue ? En quoi s'agit-il d'un combat entre deux valeurs ?

b. Montrez en citant le texte que le choix, quel qu'il soit, ne peut être heureux.

5 Relisez les strophes 4 et 5.

a. Quelle première solution Rodrigue envisage-t-il ? Quelles en sont les limites ?

b. Montrez, en citant le texte, qu'en choisissant de défendre son honneur, Rodrigue sauve également la possibilité d'être aimé par Chimène.

c. En quoi la strophe 5 apparaît-elle comme un sursaut ? Appuyez-vous sur les types de phrases.

6 Quelle décision Rodrigue prend-il dans la dernière strophe ? Quelle est la valeur qui l'emporte ?

7 Relevez les deux vers qui terminent chaque stance. En quoi marquent-ils les étapes de la délibération ? Prenez en compte les types de phrases.

L'enjeu de la scène et les attentes du spectateur

8 En quoi cette scène fait-elle avancer l'action ?

9 À quelle suite le spectateur peut-il s'attendre à partir de ce moment de l'action ?

Écrire

Écrire un monologue délibératif

10 Un personnage (ce peut être vous-même) est confronté à un choix difficile (dénoncer un ami…). Écrivez le monologue délibératif qui traduira son déchirement. À la fin du monologue, le personnage aura pris sa décision.

S'exprimer à l'oral

Réciter des stances

11 Choisissez une stance, apprenez-la et récitez-la en tenant compte de l'état intérieur de Rodrigue. Chacune des stances sera récitée devant la classe par un élève différent.

Faire le point sur l'Acte I

L'action

1 **a.** Quelle est la situation pour les personnages au début de la pièce (scène 1) ?
b. Cette situation est-elle heureuse ?
c. Quel événement vient déclencher l'action ?

Le lieu

2 Faites la liste des lieux dans lesquels se déroule le premier acte. L'unité de lieu est-elle respectée ?

Les personnages

3 **a.** Qui sont les principaux personnages ?
b. Établissez les relations qu'ils entretiennent entre eux au début de l'acte.
c. En quoi ces relations évoluent-elles au cours de l'acte ?

Les attentes du spectateur

4 À quelle suite le spectateur peut-il s'attendre ?

Acte II

Scène première

Don Arias, le Comte.
Une salle du palais.

Le Comte

Je l'avoue entre nous, mon sang un peu trop chaud
S'est trop ému d'un mot et l'a porté trop haut[1] ;
Mais puisque c'en est fait, le coup est sans remède.

Don Arias

Qu'aux volontés du Roi ce grand courage[2] cède :
Il y prend grande part[3], et son cœur irrité
Agira contre vous de pleine autorité.
Aussi vous n'avez point de valable défense :
Le rang de l'offensé, la grandeur de l'offense,
Demandent des devoirs et des submissions[4]
Qui passent le commun des satisfactions[5].

Le Comte

Le Roi peut à son gré disposer de ma vie.

Don Arias

De trop d'emportement votre faute est suivie.
Le Roi vous aime encore ; apaisez son courroux.
Il a dit : « Je le veux » ; désobéirez-vous ?

Le Comte

Monsieur, pour conserver tout ce que j'ai d'estime[6],
Désobéir un peu n'est pas un si grand crime ;

1. L'a traité avec trop d'orgueil.
2. Votre mouvement passionné.
3. Il s'intéresse beaucoup à cette affaire.
4. Manifestations de respect, de soumission.
5. Plus importants que ceux que l'on exige habituellement dans les affaires d'honneur.
6. Toute la réputation qui est la mienne.

Et quelque grand qu'il soit[7], mes services présents
Pour le faire abolir[8] sont plus que suffisants.

DON ARIAS

Quoi qu'on fasse d'illustre et de considérable,
Jamais à son sujet[9] un roi n'est redevable.
Vous vous flattez[10] beaucoup, et vous devez savoir
Que qui sert bien son roi ne fait que son devoir.
Vous vous perdrez, Monsieur, sur cette confiance[11].

LE COMTE

Je ne vous en croirai qu'après l'expérience[12].

DON ARIAS

Vous devez redouter la puissance d'un roi.

LE COMTE

Un jour seul ne perd pas un homme tel que moi.
Que toute sa grandeur[13] s'arme pour mon supplice,
Tout l'État périra, s'il faut que je périsse.

DON ARIAS

Quoi ! vous craignez si peu le pouvoir souverain…

LE COMTE

D'un speptre qui sans moi tomberait de sa main.
Il a trop d'intérêt lui-même en ma personne,
Et ma tête en tombant ferait choir sa couronne.

DON ARIAS

Souffrez que la raison remette vos esprits[14].
Prenez un bon conseil.

7. En admettant que ce crime soit grand.
8. Amnistier, pardonner.
9. À l'un de ses sujets.
10. Vous vous surestimez.
11. Avec cette assurance qui est la vôtre.
12. Qu'après en avoir fait l'expérience.
13. Toute la puissance du roi.
14. Acceptez qu'un conseil raisonnable vous fasse voir les choses avec plus de justesse.

LE COMTE

Le conseil[15] en est pris.

DON ARIAS

Que lui dirai-je enfin ? je lui dois rendre conte[16].

LE COMTE

Que je ne puis du tout consentir à ma honte.

DON ARIAS

Mais songez que les rois veulent être absolus.

LE COMTE

Le sort en est jeté, Monsieur, n'en parlons plus.

DON ARIAS

Adieu donc, puisqu'en vain je tâche à vous résoudre[17] :
Avec tous vos lauriers, craignez encor le foudre[18].

LE COMTE

Je l'attendrai sans peur.

DON ARIAS

Mais non pas sans effet.

LE COMTE

Nous verrons donc par là don Diègue satisfait.
(Il est seul.)
Qui ne craint point la mort ne craint point les menaces.
J'ai le cœur au-dessus des plus fières[19] disgrâces ;
Et l'on peut me réduire à vivre sans bonheur,
Mais non pas me résoudre à vivre sans honneur.

15. La décision.
16. Orthographe ancienne de « rendre compte ».
17. J'essaye en vain de vous persuader.
18. La foudre (on croyait que le laurier protégeait de la foudre).
19. Terribles.

Acte II

Scène 2

LE COMTE, DON RODRIGUE.
La place devant le palais royal.

DON RODRIGUE

À moi, Comte, deux mots.

LE COMTE

Parle.

DON RODRIGUE

Ôte-moi d'un doute.

Connais-tu bien don Diègue ?

LE COMTE

Oui.

DON RODRIGUE

Parlons bas ; écoute.

Sais-tu que ce vieillard fut la même vertu[20],
La vaillance et l'honneur de son temps ? le sais-tu ?

LE COMTE

Peut-être.

DON RODRIGUE

Cette ardeur que dans les yeux je porte,
Sais-tu que c'est son sang ? le sais-tu ?

LE COMTE

Que m'importe ?

20. Le courage même.

Don Rodrigue

À quatre pas d'ici je te le fais savoir.

Le Comte

Jeune présomptueux[21] !

Don Rodrigue

Parle sans t'émouvoir.
Je suis jeune, il est vrai ; mais aux âmes bien nées[22]
La valeur n'attend point le nombre des années.

Le Comte

Te mesurer à moi ! qui t'a rendu si vain[23],
Toi qu'on n'a jamais vu les armes à la main ?

Don Rodrigue

Mes pareils à deux fois ne se font point connaître[24],
Et pour leurs coups d'essai veulent des coups de maître.

Le Comte

Sais-tu bien qui je suis ?

Don Rodrigue

Oui ; tout autre que moi
Au seul bruit de ton nom pourrait trembler d'effroi.
Les palmes[25] dont je vois ta tête si couverte
Semblent porter écrit le destin de ma perte.
J'attaque en téméraire un bras toujours vainqueur ;
Mais j'aurai trop de force, ayant assez de cœur[26].
À qui venge son père il n'est rien impossible.
Ton bras est invaincu, mais non pas invincible.

21. Prétentieux.
22. De bonne lignée, nobles.
23. Vaniteux.
24. Les hommes comme moi montrent ce qu'ils valent dès la première fois.
25. Symbole de réussite.
26. Courage, vaillance.

LE COMTE

Ce grand cœur qui paraît aux discours que tu tiens,
Par tes yeux, chaque jour, se découvrait aux miens[27] ;
Et croyant voir en toi l'honneur de la Castille,
Mon âme avec plaisir te destinait ma fille.
Je sais ta passion[28], et suis ravi[29] de voir
Que tous ses mouvements[30] cèdent à ton devoir ;
Qu'ils n'ont point affaibli cette ardeur magnanime[31] ;
Que ta haute vertu répond à mon estime ;
Et que, voulant pour gendre un cavalier parfait,
Je ne me trompais point au choix que j'avais fait ;
Mais je sens que pour toi ma pitié s'intéresse[32] ;
J'admire ton courage, et je plains ta jeunesse.
Ne cherche point à faire un coup d'essai fatal ;
Dispense ma valeur d'un combat inégal ;
Trop peu d'honneur pour moi suivrait cette victoire :
À vaincre sans péril, on triomphe sans gloire.
On te croirait toujours abattu sans effort ;
Et j'aurais seulement le regret de ta mort.

DON RODRIGUE

D'une indigne pitié ton audace est suivie :
Qui m'ose ôter[33] l'honneur craint de m'ôter la vie ?

LE COMTE

Retire-toi d'ici.

DON RODRIGUE

Marchons sans discourir.

LE COMTE

Es-tu si las de vivre ?

27. À mes yeux.
28. Je connais ton amour.
29. Transporté de joie.
30. Tous tes élans (d'amour).
31. Pleine de grandeur.
32. S'émeut.
33. Celui qui ose m'ôter.

DON RODRIGUE
As-tu peur de mourir ?

LE COMTE
Viens, tu fais ton devoir, et le fils dégénère
Qui survit un moment à l'honneur de son père[34].

Gérard Philipe (don Rodrigue) et Georges Wilson (don Gomès) dans Le Cid, au TNP en 1954. Mise en scène de Jean Vilar.

34. Le fils qui survit un moment à l'honneur perdu de son père n'est pas digne de lui.

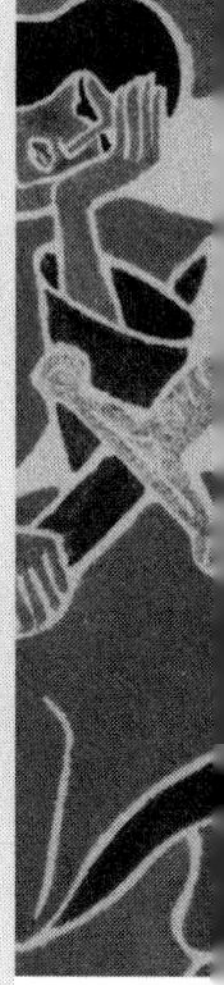

Repérer et analyser

Le lieu et l'action

1 Dans quels lieux l'action se déroule-t-elle au cours de ces deux premières scènes ?

2 Que s'est-il passé hors scène entre les Actes I et II ?

3 **a.** Que demande le roi au Comte ? Le Comte se soumet-il à cette demande (scène 1) ?
b. Que laissent présager les derniers vers de la scène 1 (v. 389 à 396) ?

4 **a.** Quels sont les deux personnages qui s'affrontent lors de la scène 2 ?
b. En quoi cette scène marque-t-elle une étape importante dans l'action ?

La dimension politique

Bien que l'action de la pièce se déroule au XIe siècle, hors de France, les préoccupations qui s'y manifestent renvoient à celles de la France du XVIIe siècle. Le comportement du Comte renvoie à l'individualisme féodal que l'on retrouve chez les Frondeurs, Arias défend le pouvoir monarchique.

5 En quoi le Comte a-t-il commis un manquement contre le roi en soufflettant don Diègue ?

6 **a.** Montrez, en citant quelques vers, que le Comte et don Arias ont deux conceptions différentes du pouvoir royal.
b. La maxime

La *maxime* est une formule brève et frappante énonçant une vérité générale.

Citez deux vers qui, sous forme de maxime, affirment la supériorité du roi par rapport à ses sujets.

La progression du dialogue (scène 2)

7 **a.** Sur quel ton Rodrigue aborde-t-il le Comte au début de la scène ?
b. Le Comte répond-il sur le même ton ?
c. Quel est l'effet produit par la longueur des répliques ?

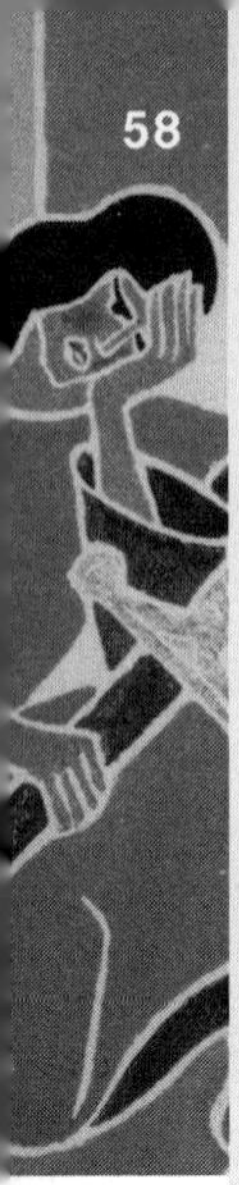

8 **a.** Citez les vers qui montrent :
- que Rodrigue respecte le Comte ;
- que le Comte respecte et estime Rodrigue.

b. Quelles sont les raisons de cette estime réciproque ?

9 **a.** Combien de fois le Comte offre-t-il à Rodrigue d'oublier le défi ?

b. Sur quel ton le fait-il à partir du vers 430 ? Quelle est la réaction de Rodrigue ?

La conception de l'honneur

Scène 1

10 **a.** En quoi le Comte a-t-il une conception féodale et personnelle de l'honneur ? Aidez-vous de la leçon p. 42.

b. Pour quelle raison cette conception justifie-t-elle son attitude face au roi ?

c. Citez à la fin de la scène 1 un vers qui a la forme d'une maxime et qui montre que le Comte est prêt à défendre son honneur contre tout et tous.

Scène 2

11 Relevez dans les répliques de Rodrigue les vers qui se présentent sous forme de maxime et qui soulignent l'attachement aux valeurs familiales et aristocratiques.

Les hypothèses et les attentes du spectateur

12 **a.** En quoi l'action semble-t-elle engagée de façon irrémédiable dans ces deux scènes ?

b. À quelle suite immédiate le spectateur peut-il s'attendre ?

S'exprimer à l'oral

Jouer la scène

13 Mettez-vous à deux pour apprendre la scène et la jouer. Respectez le rythme des répliques, travaillez l'intonation, les gestes et les mouvements des personnages.

Lire

Les romans de cape et d'épée

Voici une scène de duel, extraite du *Capitaine Fracasse* de Théophile Gautier (1863). Le baron de Sigognac s'est engagé, sous le nom de Capitaine Fracasse, dans une troupe de comédiens par amour pour Isabelle. Il défend celle-ci contre les assiduités du duc de Vallombreuse, qu'il provoque en duel. Le marquis de Bruyères est le témoin de Sigognac, le chevalier de Vidalinc celui de Vallombreuse.

Vallombreuse, qui, au fond, ne pouvait s'empêcher de mépriser un peu Sigognac et s'imaginait de ne rencontrer qu'un faible adversaire, fut surpris, lorsqu'il eut négligemment tâté le fer du baron, de trouver une lame souple et ferme qui déjouait la sienne avec une admirable aisance. Il devint plus attentif, puis essaya quelques feintes aussitôt devinées. Au moindre jour qu'il laissait, la pointe de Sigognac s'avançait, nécessitant une prompte parade. Il risqua une attaque ; son épée, écartée par une riposte savante, le laissa découvert et, s'il ne se fût brusquement penché en arrière, il eût été atteint en pleine poitrine. Pour le duc, la face du combat changeait. Il avait cru pouvoir le diriger à son gré, et après quelques passes, blesser Sigognac où il voudrait au moyen d'une botte qui jusque-là lui avait toujours réussi. Non seulement il n'était plus maître d'attaquer à son gré, mais il avait besoin de toute son habileté pour se défendre. Quoi qu'il fît pour rester de sang-froid, la colère le gagnait ; il se sentait devenir nerveux et fébrile, tandis que Sigognac, impassible, semblait, par sa garde irréprochable, prendre plaisir à l'irriter.

« Ne ferons-nous rien pendant que nos amis s'escriment, dit le chevalier de Vidalinc au marquis de Bruyères ; il fait bien froid ce matin, battons-nous un peu, ne fût-ce que pour nous réchauffer.

– Bien volontiers, dit le marquis, cela nous dégourdira. »

Vidalinc était supérieur au marquis de Bruyères en science d'escrime, et au bout de quelques bottes il lui fit sauter l'épée de la main par un lié sec et rapide. Comme aucune rancune n'existait entre eux, ils s'arrêtèrent de commun accord, et leur attention se reporta sur Sigognac et Vallombreuse.

Le duc, pressé par le jeu serré du baron, avait déjà rompu de plusieurs semelles. Il se fatiguait, et sa respiration devenait haletante. De temps en temps des fers froissés rapidement jaillissait une étincelle bleuâtre, mais la riposte faiblissait devant l'attaque et cédait. Sigognac, qui, après avoir lassé son adversaire, portait des bottes et se fendait, faisait toujours reculer le duc.
Le chevalier de Vidalinc était fort pâle et commençait à craindre pour son ami. Il était évident, aux yeux de connaisseurs en escrime, que tout l'avantage appartenait à Sigognac.
« Pourquoi diable, murmura Vidalinc, Vallombreuse n'essaye-t-il pas la botte que lui a enseignée Girolamo de Naples et que ce Gascon ne doit pas connaître ? »

Comme s'il lisait dans la pensée de son ami, le jeune duc tâcha d'exécuter la fameuse botte, mais au moment où il allait la détacher par un coup fouetté, Sigognac le prévint et lui porta un coup droit si bien à fond qu'il traversa l'avant-bras de part en part. La douleur de cette blessure fit ouvrir les doigts au duc, dont l'épée roula sur terre.
Sigognac, avec une courtoisie parfaite, s'arrêta aussitôt, quoiqu'il pût doubler le coup sans manquer aux conventions du duel, qui ne devait pas s'arrêter au premier sang. Il appuya la pointe de sa lame en terre, mit la main gauche sur la hanche et parut attendre les volontés de son adversaire. Mais Vallombreuse, à qui, sur un geste d'acquiescement de Sigognac, Vidalinc remit l'épée en main, ne put la tenir et fit signe qu'il en avait assez.
Sur quoi Sigognac et le marquis de Bruyères saluèrent le plus poliment du monde le duc de Vallombreuse et le chevalier de Vidalinc, et reprirent le chemin de la ville.

Théophile Gautier, *Le Capitaine Fracasse*.

14 Cherchez le sens des mots ou expressions soulignés qui appartiennent au vocabulaire technique de l'escrime.

Se documenter

Le duel au XVIIe siècle

À l'époque où est créé *Le Cid*, le duel est un sujet brûlant. En effet, les nobles se battent alors fréquemment en duel : on estime que, dans les dix premières années du siècle, 4 000 d'entre eux trouvèrent ainsi la mort.

L'autorité royale interdit cependant cette pratique depuis Henri II sans être obéie, tant le duel fait partie du code d'honneur des gentils-hommes. Pour échapper à tout contrôle, les duellistes se contentent de chercher des lieux isolés où se battre.

Louis XIII, soutenu par son Premier ministre Richelieu, décide alors de faire respecter de façon rigoureuse les lois sur le duel : il promulgue deux édits en 1626, puis en 1634. Les duellistes, leurs témoins et ceux qui ne les ont pas dénoncés risquent dorénavant des peines pouvant aller jusqu'à la mort (le duel ayant entraîné la mort est considéré comme un crime de lèse-majesté).

Ces mesures sont destinées d'une part à faire entrer dans les esprits la suprématie de l'autorité royale, d'autre part à éviter la mort de gentilshommes de valeur dont l'armée a besoin.

Malgré ces lois, qu'accompagne l'instauration d'un tribunal chargé de régler à l'amiable les conflits, certains gentilshommes bravent le pouvoir royal : ainsi le comte de Bouteville, enragé bretteur, se bat en pleine Place Royale contre le marquis de Beuvron, le 14 mai 1627. Vainqueur, le comte est emprisonné et condamné à mort. En dépit des supplications de sa femme alors enceinte, de l'intervention de l'évêque de Nantes et des protestations de l'opinion, il est exécuté le 22 juin 1627 avec son témoin.

Acte II

Scène 3

L'Infante, Chimène, Léonor.

Chez l'Infante.

L'Infante

Apaise, ma Chimène, apaise ta douleur :
Fais agir ta constance[1] en ce coup de malheur.
Tu reverras le calme après ce faible orage ;
Ton bonheur n'est couvert que d'un peu de nuage,
Et tu n'as rien perdu pour le voir différer[2].

Chimène

Mon cœur outré d'ennuis[3] n'ose rien espérer.
Un orage si prompt qui trouble une bonace[4]
D'un naufrage certain nous porte la menace :
Je n'en saurais douter, je péris dans le port.
J'aimais, j'étais aimée, et nos pères d'accord ;
Et je vous en contais la charmante[5] nouvelle
Au malheureux moment que[6] naissait leur querelle,
Dont le récit fatal, sitôt qu'on vous l'a fait,
D'une si douce attente a ruiné l'effet[7].
Maudite ambition, détestable manie[8],
Dont les plus généreux souffrent la tyrannie !
Honneur impitoyable à mes plus chers désirs,
Que tu me vas coûter de pleurs et de soupirs !

1. Ta sérénité, ton calme.
2. Et tu n'as rien perdu bien que tu voies ton bonheur retardé.
3. Fatigué, épuisé de douleurs.
4. Calme en mer.
5. Qui séduit, ensorcelle.
6. Où.
7. La réalisation.
8. Folie.

L'Infante

Tu n'as dans leur querelle aucun sujet de craindre :
Un moment l'a fait naître, un moment va l'éteindre.
Elle a fait trop de bruit pour ne pas s'accorder[9],
Puisque déjà le Roi les veut accommoder[10] ;
Et tu sais que mon âme, à tes ennuis sensible,
Pour en tarir la source y[11] fera l'impossible.

Chimène

Les accommodements ne font rien en ce point :
De si mortels affronts ne se réparent point.
En vain on fait agir la force ou la prudence :
Si l'on guérit le mal, ce n'est qu'en apparence.
La haine que les cœurs conservent au-dedans
Nourrit des feux cachés, mais d'autant plus ardents.

L'Infante

Le saint nœud[12] qui joindra don Rodrigue et Chimène
Des pères ennemis dissipera la haine ;
Et nous verrons bientôt votre amour le plus fort
Par un heureux hymen étouffer ce discord[13].

Chimène

Je le souhaite ainsi plus que je ne l'espère :
Don Diègue est trop altier[14], et je connais mon père.
Je sens couler des pleurs que je veux retenir ;
Le passé me tourmente, et je crains l'avenir.

L'Infante

Que crains-tu ? d'un vieillard l'impuissante faiblesse ?

9. Se terminer par un accord amiable.
10. Mettre d'accord, réconcilier.
11. Dans cette affaire.
12. Le lien sacré, c'est-à-dire le mariage.
13. Cette discorde, ce conflit (mot ancien).
14. Hautain.

CHIMÈNE

Rodrigue a du courage.

L'INFANTE

Il a trop de jeunesse.

CHIMÈNE

Les hommes valeureux le sont du premier coup.

L'INFANTE

Tu ne dois pas pourtant le redouter beaucoup :
Il est trop amoureux pour te vouloir déplaire,
Et deux mots de ta bouche arrêtent sa colère.

CHIMÈNE

S'il ne m'obéit point, quel comble à mon ennui !
Et s'il peut m'obéir, que dira-t-on de lui ?
Étant né ce qu'il est[15], souffrir un tel outrage !
Soit qu'il cède ou résiste au feu qui me l'engage[16],
Mon esprit ne peut qu'être ou honteux ou confus[17],
De son trop de respect, ou d'un juste refus.

L'INFANTE

Chimène a l'âme haute, et quoique intéressée[18],
Elle ne peut souffrir une basse pensée ;
Mais si jusques au jour de l'accommodement
Je fais mon prisonnier de ce parfait amant,
Et que j'empêche ainsi l'effet de son courage,
Ton esprit amoureux n'aura-t-il point d'ombrage[19] ?

CHIMÈNE

Ah ! Madame, en ce cas je n'ai plus de souci.

15. Étant né gentilhomme.
16. À l'amour qui l'a fait se lier à moi.
17. Bouleversé.
18. Passionnée (ici, amoureuse).
19. Inquiétude.

Acte II

Scène 4

L'INFANTE, CHIMÈNE, LÉONOR, LE PAGE.

L'INFANTE

Page, cherchez Rodrigue, et l'amenez ici.

LE PAGE

Le comte de Gormas et lui…

CHIMÈNE

Bon Dieu ! je tremble.

L'INFANTE

Parlez.

LE PAGE

De ce palais ils sont sortis ensemble.

CHIMÈNE

Seuls ?

LE PAGE

Seuls, et qui semblaient tout bas se quereller.

CHIMÈNE

Sans doute, ils sont aux mains[20], il n'en[21] faut plus parler.
Madame, pardonnez à cette promptitude.

20. Ils se battent.

21. De la proposition de l'Infante.

Acte II

Scène 5

L'Infante, Léonor.

L'Infante

Hélas ! que dans l'esprit je sens d'inquiétude !
Je pleure ses malheurs, son amant me ravit ;
Mon repos m'abandonne, et ma flamme revit.
Ce qui va séparer Rodrigue de Chimène
Fait renaître à la fois mon espoir et ma peine ;
Et leur division, que je vois à regret,
Dans mon esprit charmé jette un plaisir secret.

Léonor

Cette haute vertu qui règne dans votre âme
Se rend-elle sitôt à cette lâche flamme ?

L'Infante

Ne la nomme point lâche, à présent que chez moi
Pompeuse[22] et triomphante, elle me fait la loi :
Porte-lui du respect, puisqu'elle m'est si chère.
Ma vertu la combat, mais malgré moi j'espère ;
Et d'un si fol espoir mon cœur mal défendu
Vole après un amant que Chimène a perdu.

Léonor

Vous laissez choir ainsi ce glorieux courage[23],
Et la raison chez vous perd ainsi son usage ?

L'Infante

Ah ! qu'avec peu d'effet on entend la raison,
Quand le cœur est atteint d'un si charmant poison !

22. Glorieuse.

23. Ce cœur soucieux de gloire.

Et lorsque le malade aime sa maladie,
Qu'il a peine à souffrir[24] que l'on y remédie !

LÉONOR

Votre espoir vous séduit, votre mal vous est doux ;
Mais enfin ce Rodrigue est indigne de vous.

L'INFANTE

Je ne le sais que trop ; mais si ma vertu cède,
Apprends comme[25] l'amour flatte un cœur qu'il possède.
Si Rodrigue une fois sort vainqueur du combat,
Si dessous[26] sa valeur ce grand guerrier[27] s'abat,
Je puis en faire cas, je puis l'aimer sans honte.
Que ne fera-t-il point, s'il peut vaincre le Comte ?
J'ose m'imaginer qu'à ses moindres exploits
Les royaumes entiers tomberont sous ses lois ;
Et mon amour flatteur déjà me persuade
Que je le vois assis au[28] trône de Grenade,
Les Mores subjugués[29] trembler en l'adorant,
L'Aragon recevoir ce nouveau conquérant,
Le Portugal se rendre, et ses nobles journées[30]
Porter delà[31] les mers ses hautes destinées,
Du sang des Africains arroser ses lauriers :
Enfin tout ce qu'on dit des plus fameux guerriers,
Je l'attends de Rodrigue après cette victoire,
Et fais de son amour[32] un sujet de ma gloire[33].

LÉONOR

Mais, Madame, voyez où vous portez son bras[34],
Ensuite d'un[35] combat qui peut-être n'est pas.

24. Supporter.
25. Comment.
26. Sous.
27. C'est-à-dire le Comte.
28. Sur le.
29. Soumis.
30. Combats, exploits.
31. Au-delà de.
32. L'amour que j'ai pour lui.
33. Un sujet qui contribue à ma gloire.
34. Jusqu'où vous menez ses exploits.
35. À la suite d'un.

L'INFANTE

Rodrigue est offensé ; le Comte a fait l'outrage ;
Ils sont sortis ensemble : en faut-il davantage ?

LÉONOR

Eh bien ! ils se battront, puisque vous le voulez ;
Mais Rodrigue ira-t-il si loin que vous allez ?

L'INFANTE

Que veux-tu ? je suis folle, et mon esprit s'égare :
Tu vois par là quels maux cet amour me prépare.
Viens dans mon cabinet[36] consoler mes ennuis,
Et ne me quitte point dans le trouble où je suis.

36. Pièce retirée.

Repérer et analyser

Le lieu

1 Dans quel lieu ces scènes se déroulent-elles ?

L'intrigue sentimentale

2 Quelles sont les conséquences de la querelle entre don Diègue et le Comte sur l'histoire d'amour entre Rodrigue et Chimène ?

3 **a.** Quelle perspective d'avenir l'Infante entrevoit-elle ? Quels rêves nourrit-elle ?

b. Pour quelles raisons ces rêves sont-ils possibles (v. 529 à 546) ?

Les personnages

Chimène

4 **a.** Quels sont les sentiments de Chimène à l'annonce du différend qui a opposé son père à don Diègue ? En sait-elle autant que le spectateur dans la scène 1 ?

b. Qu'éprouve-t-elle lorsque le Page lui annonce que Rodrigue s'est querellé avec le Comte ? Citez le texte. Que redoute-t-elle ?

5 **a.** Montrez, en citant deux passages précis :

- que Chimène mesure la gravité de l'affront ;
- qu'elle connaît la valeur morale de Rodrigue et qu'elle a la même conception de l'honneur que lui.

b. À quels vers prononcés par Rodrigue dans la scène2 de l'Acte II, le vers 483 fait-il écho ?

6 Face à quel dilemme Chimène se trouve-t-elle aussi confrontée (v. 487-488) ?

L'Infante et Léonor

7 Relevez dans la scène 5 les vers et expressions qui expriment le trouble de l'Infante.

8 Quel rôle Léonor joue-t-elle à l'égard de l'Infante ? Justifiez votre réponse.

Acte II

Scène 6

DON FERNAND, DON ARIAS, DON SANCHE.

Chez le Roi.

DON FERNAND

Le Comte est donc si vain[1], et si peu raisonnable !
Ose-t-il croire encor son crime pardonnable ?

DON ARIAS

Je l'ai de votre part longtemps entretenu ;
J'ai fait mon pouvoir[2], Sire, et n'ai rien obtenu.

DON FERNAND

Justes cieux ! ainsi donc un sujet téméraire
A si peu de respect et de soin[3] de me plaire !
Il offense don Diègue, et méprise son roi !
Au milieu de ma cour il me donne la loi !
Qu'il soit[4] brave guerrier, qu'il soit grand capitaine,
Je saurai bien rabattre une humeur[5] si hautaine.
Fût-il la valeur même, et le dieu des combats,
Il verra ce que c'est que de n'obéir pas.
Quoi qu'ait pu mériter une telle insolence,
Je l'ai voulu d'abord traiter sans violence ;
Mais puisqu'il en abuse, allez dès aujourd'hui,
Soit qu'il résiste ou non, vous assurer de lui[6].

DON SANCHE

Peut-être un peu de temps le rendrait moins rebelle :
On l'a pris tout bouillant encor de sa querelle ;

1. Orgueilleux.
2. Mon possible.
3. Souci.
4. Bien qu'il soit.
5. Un caractère.
6. L'arrêter.

Sire, dans la chaleur d'un premier mouvement,
Un cœur si généreux se rend malaisément.
Il voit bien qu'il a tort, mais une âme si haute[7]
N'est pas sitôt réduite à confesser sa faute.

DON FERNAND

Don Sanche, taisez-vous, et soyez averti
Qu'on se rend criminel à prendre son parti.

DON SANCHE

J'obéis, et me tais ; mais de grâce encor, Sire,
Deux mots en sa défense.

DON FERNAND

Et que pourrez-vous dire ?

DON SANCHE

Qu'une âme accoutumée aux grandes actions
Ne se peut abaisser à des submissions[8] :
Elle n'en conçoit point qui s'expliquent sans honte ;
Et c'est à ce mot seul[9] qu'a résisté le Comte.
Il trouve en son devoir[10] un peu trop de rigueur,
Et vous obéirait, s'il avait moins de cœur.
Commandez que son bras, nourri dans les alarmes,
Répare cette injure à la pointe des armes[11] ;
Il satisfera[12], Sire ; et vienne qui voudra,
Attendant qu'il[13] l'ait su, voici qui répondra[14].

DON FERNAND

Vous perdez le respect ; mais je pardonne à l'âge,
Et j'excuse l'ardeur en un jeune courage.
Un roi dont la prudence a de meilleurs objets

7. Si orgueilleuse.
8. Des excuses.
9. À ce simple mot de « submission ».
10. Il s'agit de son devoir envers le roi.
11. En combattant les ennemis.
12. Il s'en acquittera.
13. Avant même que le Comte.
14. Don Sanche montre son épée.

Est meilleur ménager[15] du sang de ses sujets :
Je veille pour les miens, mes soucis[16] les conservent,
Comme le chef[17] a soin des membres qui le servent.
Ainsi votre raison[18] n'est pas raison pour moi :
Vous parlez en soldat ; je dois agir en roi ;
Et quoi qu'on veuille dire, et quoi qu'il ose croire,
Le Comte à m'obéir ne peut perdre sa gloire.
D'ailleurs l'affront me touche : il a perdu d'honneur[19]
Celui que de mon fils j'ai fait le gouverneur ;
S'attaquer à mon choix, c'est se prendre à[20] moi-même,
Et faire un attentat sur le pouvoir suprême.
N'en parlons plus. Au reste[21], on a vu dix vaisseaux
De nos vieux ennemis arborer les drapeaux ;
Vers la bouche[22] du fleuve ils ont osé paraître.

DON ARIAS

Les Mores ont appris par force à vous connaître,
Et tant de fois vaincus, ils ont perdu le cœur[23]
De se plus hasarder[24] contre un si grand vainqueur.

DON FERNAND

Ils ne verront jamais sans quelque jalousie
Mon sceptre[25], en dépit d'eux, régir l'Andalousie ;
Et ce pays si beau, qu'ils ont trop possédé,
Avec un œil d'envie est toujours regardé.
C'est l'unique raison qui m'a fait dans Séville
Placer depuis dix ans le trône de Castille,
Pour les voir de plus près, et d'un ordre plus prompt[26]
Renverser aussitôt ce qu'ils entreprendront.

15. Plus économe.
16. Les soins que j'ai d'eux.
17. La tête.
18. Ce qui est la raison pour vous.
19. Il a déshonoré.
20. S'en prendre à.
21. Par ailleurs.
22. L'embouchure (du Guadalquivir).
23. Le désir.
24. De se risquer à nouveau.
25. Symbole du pouvoir royal.
26. En donnant un ordre plus rapide.

DON ARIAS

Ils savent aux dépens de leurs plus dignes[27] têtes,
Combien votre présence assure vos conquêtes :
Vous n'avez rien à craindre.

DON FERNAND

Et rien à négliger :
Le trop de confiance attire le danger ;
Et vous n'ignorez pas qu'avec fort peu de peine
Un flux de pleine mer jusqu'ici les amène.
Toutefois j'aurais tort de jeter dans les cœurs,
L'avis étant mal sûr[28], de paniques terreurs.
L'effroi que produirait cette alarme inutile,
Dans la nuit qui survient troublerait trop la ville :
Faites doubler la garde aux murs et sur le port.
C'est assez pour ce soir.

27. Remarquables.

28. La nouvelle étant incertaine.

Acte II

Scène 7

DON FERNAND, DON SANCHE, DON ALONSE.

DON ALONSE

Sire, le Comte est mort :
Don Diègue, par son fils, a vengé son offense.

DON FERNAND

Dès que j'ai su l'affront, j'ai prévu la vengeance ;
Et j'ai voulu dès lors prévenir[29] ce malheur.

DON ALONSE

Chimène à vos genoux apporte sa douleur ;
Elle vient tout en pleurs vous demander justice.

DON FERNAND

Bien qu'à ses déplaisirs mon âme compatisse,
Ce que le Comte a fait semble avoir mérité
Ce digne châtiment de sa témérité.
Quelque juste pourtant que puisse être sa peine,
Je ne puis sans regret perdre un tel capitaine.
Après un long service à mon État rendu,
Après son sang pour moi mille fois répandu,
À quelques sentiments que son orgueil m'oblige,
Sa perte m'affaiblit, et son trépas m'afflige.

29. Empêcher.

Acte II

Scène 8

DON FERNAND, DON DIÈGUE, CHIMÈNE, DON SANCHE, DON ARIAS, DON ALONSE.

CHIMÈNE

Sire, Sire, justice !

DON DIÈGUE

Ah ! Sire, écoutez-nous.

CHIMÈNE

Je me jette à vos pieds.

DON DIÈGUE

J'embrasse vos genoux.

CHIMÈNE

Je demande justice.

DON DIÈGUE

Entendez ma défense.

CHIMÈNE

D'un jeune audacieux punissez l'insolence :
Il a de votre sceptre abattu le soutien,
Il a tué mon père.

DON DIÈGUE

Il a vengé le sien.

CHIMÈNE

Au sang de ses sujets un roi doit la justice.

« Sire, sire, justice ! » Frontispice d'une édition du Cid, 1760.

DON DIÈGUE

Pour la juste vengeance il n'est point de supplice[30].

DON FERNAND

Levez-vous l'un et l'autre, et parlez à loisir.
Chimène, je prends part à votre déplaisir ;
D'une égale douleur je sens mon âme atteinte.
(À don Diègue.)
Vous parlerez après ; ne troublez pas sa plainte.

CHIMÈNE

Sire, mon père est mort ; mes yeux ont vu son sang
Couler à gros bouillons de son généreux[31] flanc ;
Ce sang qui tant de fois garantit vos murailles,
Ce sang qui tant de fois vous gagna des batailles,
Ce sang qui tout sorti fume encor de courroux
De se voir répandu pour d'autres que pour vous,
Qu'au milieu des hasards[32] n'osait verser la guerre,
Rodrigue en votre cour vient d'en couvrir la terre.
J'ai couru sur le lieu, sans force et sans couleur :
Je l'ai trouvé sans vie. Excusez ma douleur,
Sire, la voix me manque à ce récit funeste[33] ;
Mes pleurs et mes soupirs vous diront mieux le reste.

DON FERNAND

Prends courage, ma fille, et sache qu'aujourd'hui
Ton roi te veut servir de père au lieu de lui.

CHIMÈNE

Sire, de trop d'honneur ma misère est suivie.
Je vous l'ai déjà dit, je l'ai trouvé sans vie ;
Son flanc était ouvert ; et, pour mieux m'émouvoir,

30. Condamnation à mort.
31. Noble.
32. Dangers.
33. Qui évoque la mort.

Son sang sur la poussière écrivait mon devoir ;
Ou plutôt sa valeur en cet état réduite
Me parlait par sa plaie, et hâtait ma poursuite ;
Et, pour se faire entendre au plus juste des rois,
Par cette triste bouche[34] elle empruntait ma voix.
  Sire, ne souffrez pas[35] que sous votre puissance
Règne devant vos yeux une telle licence[36] ;
Que les plus valeureux, avec impunité,
Soient exposés aux coups de la témérité ;
Qu'un jeune audacieux triomphe de leur gloire,
Se baigne dans leur sang, et brave leur mémoire.
Un si vaillant guerrier qu'on vient de vous ravir[37]
Éteint, s'il n'est vengé, l'ardeur de vous servir[38].
Enfin mon père est mort, j'en demande vengeance,
Plus pour votre intérêt que pour mon allégeance[39].
Vous perdez en la mort d'un homme de son rang[40] :
Vengez-la par une autre, et le sang par le sang.
Immolez[41], non à moi, mais à votre couronne,
Mais à votre grandeur, mais à votre personne ;
Immolez, dis-je, Sire, au bien de tout l'État
Tout ce qu'enorgueillit un si haut attentat.

DON FERNAND

Don Diègue, répondez.

DON DIÈGUE

Qu'on est digne d'envie
Lorsqu'en perdant la force on perd aussi la vie,
Et qu'un long âge apprête[42] aux hommes généreux,

34. Il s'agit de l'ouverture de la plaie.
35. N'admettez pas.
36. Liberté qui ne respecte pas la loi.
37. Enlever, prendre.
38. L'envie ardente de vous servir.
39. Allégement, soulagement.
40. La mort d'un homme de son rang est une perte pour vous.
41. Sacrifiez.
42. Qu'une longue vie prépare.

Au bout de leur carrière, un destin malheureux !
Moi, dont les longs travaux[43] ont acquis tant de gloire,
Moi, que jadis partout a suivi la victoire,
Je me vois aujourd'hui, pour avoir trop vécu,
Recevoir un affront et demeurer vaincu.
Ce que n'a pu jamais combat, siège, embuscade,
Ce que n'a pu jamais Aragon ni Grenade,
Ni tous vos ennemis, ni tous mes envieux,
Le Comte en votre cour l'a fait presque à vos yeux,
Jaloux de votre choix, et fier de l'avantage
Que lui donnait sur moi l'impuissance de l'âge.
  Sire, ainsi ces cheveux blanchis sous le harnois,
Ce sang pour vous servir prodigué tant de fois,
Ce bras, jadis l'effroi d'une armée ennemie,
Descendaient au tombeau tout chargés d'infamie,
Si je n'eusse produit un fils digne de moi,
Digne de son pays et digne de son roi.
Il m'a prêté sa main, il a tué le Comte ;
Il m'a rendu l'honneur, il a lavé ma honte.
Si montrer du courage et du ressentiment[44],
Si venger un soufflet mérite un châtiment,
Sur moi seul doit tomber l'éclat de la tempête :
Quand le bras a failli, l'on en punit la tête.
Qu'on nomme crime, ou non, ce qui fait nos débats,
Sire, j'en suis la tête, il n'en est que le bras.
Si Chimène se plaint qu'il a tué son père,
Il ne l'eût jamais fait si je l'eusse pu faire.
Immolez donc ce chef que les ans vont ravir,
Et conservez pour vous le bras qui peut servir.
Aux dépens de mon sang satisfaites Chimène :
Je n'y résiste point, je consens à ma peine ;

43. Exploits guerriers.

44. Un désir de vengeance.

Et loin de murmurer d'un rigoureux décret,
Mourant sans déshonneur, je mourrai sans regret.

DON FERNAND

L'affaire est d'importance, et, bien considérée,
Mérite en plein conseil d'être délibérée[45].
Don Sanche, remettez Chimène en sa maison.
Don Diègue aura ma cour et sa foi[46] pour prison.
Qu'on me cherche son fils. Je vous ferai justice.

CHIMÈNE

Il est juste, grand Roi, qu'un meurtrier périsse.

DON FERNAND

Prends du repos, ma fille, et calme tes douleurs.

CHIMÈNE

M'ordonner du repos, c'est croître mes malheurs.

45. Débattue, discutée.

46. Sa parole.

Repérer et analyser

Le lieu

1 Dans quel lieu l'action se déroule-t-elle dans ces scènes ?

L'action

Scène 6

2 **a.** Comment le roi réagit-il lorsque don Arias lui apprend que le Comte refuse d'obéir ? Quel est le nouveau personnage qui apparaît ? Pour qui prend-il parti ?
b. Quelle menace pèse sur la Castille ?

Scène 7

Le théâtre au XVIIe siècle était soumis aux *règles de bienséance* : les actes quotidiens (manger, boire…) et les actes de violence étaient bannis de la scène. Rien ne devait choquer le goût, les convenances.

3 Quel événement s'est-il produit hors scène ? Montrez en quoi il marque un nouveau tournant dans l'action.

Scène 8

4 Quelle requête Chimène vient-elle faire auprès du roi ? Quelle décision prend-il à la fin de l'acte ?

La dimension politique

5 « Le Comte à m'obéir ne peut perdre sa gloire » (v. 602) : en quoi le roi cherche-t-il à ériger une conception de l'honneur autre que celle du clan ?

Le débat judiciaire (scène 8)

Le réquisitoire de Chimène

6 Quelle est l'image dominante dans les vers 659 à 680 ? Appuyez-vous sur l'anaphore.

7 Quelle requête Chimène fait-elle au roi au vers 692 ? Prononce-t-elle le nom de Rodrigue ? Pour quelle raison ?

8 Reformulez les deux arguments qu'elle utilise aux vers 681 à 684 et 786 à 788.

La plaidoirie de don Diègue

9 **a.** Délimitez les vers dans lesquels don Diègue fait un rappel de l'humiliation qu'il a subie.

b. Dans quels vers don Diègue rappelle-t-il au roi que le Comte lui a désobéi ? En quoi est-ce habile ?

10 Pour quelle raison fait-il ensuite l'éloge de son fils ? Relevez les expressions qui montrent que c'est lui et non Rodrigue le véritable responsable de la mort du Comte.

11 Que demande-t-il au roi aux vers 727 à 732 ?

Les hypothèses et les attentes du spectateur

12 Quelle peut être l'attitude du roi face à ce meurtre qui frappe son meilleur capitaine, sachant que ce dernier a agi selon la loi du clan sans se référer à la justice royale ?

Étudier la langue

Le lexique

13 Le mot « chef » apparaît deux fois dans ces scènes avec son sens ancien : « tête » (v. 598 et 727). Ce mot français vient du latin *caput*, dont il est dérivé par formation populaire, de même que le mot « chevet » par exemple (qui désigne la partie du lit où on pose *la tête*).

a. Dans quel mot composé, désignant un chapeau, le sens ancien de « chef » subsiste-t-il ?

b. Par formation savante, *caput* a donné un grand nombre de dérivés français en « cap ». Que signifie « de pied en cap » ? « décapiter » ? Trouvez d'autres mots venus de cette racine latine. (Vérifiez toujours vos réponses dans un dictionnaire.)

Écrire

Rédiger une plaidoirie

14 Vous êtes avocat et choisissez de défendre don Diègue ou Chimène. Rédigez une courte plaidoirie que vous prononcerez devant le roi.

Faire le point sur l'Acte II

L'action

1 Quel est l'événement essentiel qui survient dans cet acte ?

2 En quoi le personnage de don Sanche apporte-t-il un élément nouveau dans l'intrigue amoureuse ?

3 Pour quelle raison l'Infante renaît-elle à l'espoir ?

L'héroïsme cornélien

4 Quels sont les obstacles qui se dressent entre Rodrigue et Chimène ?

5 À quel dilemme Chimène est-elle confrontée (scène 3) ?

6 **a.** En quoi les personnages accomplissent-ils leur devoir ?
b. L'accomplissement du devoir est-il compatible avec l'amour ? Justifiez votre réponse.

La dimension politique

7 Pour quelle raison peut-on dire que don Diègue conteste l'autorité royale ?

8 Quel rôle le roi joue-t-il dans la dernière scène ?

Les attentes du spectateur

9 À quelle suite le spectateur peut-il s'attendre ?

Acte III

Scène première

Don Rodrigue, Elvire.

Chez Chimène.

Elvire

Rodrigue, qu'as-tu fait ? où viens-tu, misérable[1] ?

Don Rodrigue

Suivre le triste cours de mon sort déplorable[2].

Elvire

Où prends-tu cette audace et ce nouvel orgueil,
De paraître en des lieux que tu remplis de deuil ?
Quoi ? viens-tu jusqu'ici braver l'ombre du Comte ?
Ne l'as-tu pas tué ?

Don Rodrigue

Sa vie était ma honte :
Mon honneur de ma main a voulu cet effort[3].

Elvire

Mais chercher ton asile en la maison du mort !
Jamais un meurtrier en fit-il son refuge ?

Don Rodrigue

Et je n'y viens aussi que m'offrir[4] à mon juge.
Ne me regarde plus d'un visage étonné ;
Je cherche le trépas après l'avoir donné.
Mon juge est mon amour, mon juge est ma Chimène :

1. Malheureux.
2. Qui est à plaindre.
3. Mon honneur exigeait que j'accomplisse cet acte.
4. Que pour m'offrir.

Je mérite la mort de mériter sa haine[5] ;
Et j'en[6] viens recevoir, comme un bien souverain,
Et l'arrêt[7] de sa bouche, et le coup de sa main.

ELVIRE

Fuis plutôt de[8] ses yeux, fuis de sa violence ;
À ses premiers transports[9] dérobe ta présence :
Va, ne t'expose point aux premiers mouvements[10]
Que poussera[11] l'ardeur de ses ressentiments[12].

DON RODRIGUE

Non, non, ce cher objet[13] à qui j'ai pu déplaire
Ne peut pour mon supplice avoir trop de colère ;
Et j'évite cent morts[14] qui me vont accabler,
Si pour mourir plus tôt je puis la redoubler[15].

ELVIRE

Chimène est au palais, de pleurs toute baignée,
Et n'en reviendra point que[16] bien accompagnée.
Rodrigue, fuis, de grâce : ôte-moi de souci.
Que ne dira-t-on point si l'on te voit ici ?
Veux-tu qu'un médisant, pour comble à sa misère,
L'accuse d'y souffrir l'assassin de son père ?
Elle va revenir ; elle vient, je la voi[17] :
Du moins, pour son honneur, Rodrigue, cache-toi.

5. Puisque je mérite sa haine.
6. Désigne la mort.
7. La décision (terme juridique).
8. Loin de.
9. Réactions violentes.
10. Impulsions.
11. Fera naître.
12. Sentiments hostiles, colère.
13. Personne aimée.
14. Cent tourments aussi pénibles que la mort.
15. Redoubler sa colère.
16. Sinon.
17. Orthographe admise au XVIIe siècle.

Acte III

Scène 2

Don Sanche, Chimène, Elvire.

Don Sanche

Oui, Madame, il vous faut de sanglantes victimes :
Votre colère est juste, et vos pleurs légitimes ;
Et je n'entreprends pas[18], à force de parler,
Ni de vous adoucir, ni de vous consoler.
Mais si de vous servir je puis être capable,
Employez mon épée à punir le coupable ;
Employez mon amour à venger cette mort :
Sous vos commandements mon bras sera trop[19] fort.

Chimène

Malheureuse !

Don Sanche

De grâce, acceptez mon service.

Chimène

J'offenserais le Roi, qui m'a promis justice.

Don Sanche

Vous savez qu'elle[20] marche avec tant de langueur,
Qu'assez souvent le crime échappe à sa longueur[21] ;
Son cours lent et douteux[22] fait trop perdre de larmes.
Souffrez qu'un cavalier vous venge par les armes :
La voie en est plus sûre, et plus prompte à punir.

18. Je n'essaye pas.
19. Très.
20. C'est-à-dire la justice.
21. Le crime n'est pas puni en raison de la lenteur de la justice.
22. Incertain.

CHIMÈNE

C'est le dernier remède ; et s'il faut y venir,
Et que de mes malheurs cette pitié vous dure,
Vous serez libre alors de venger mon injure[23].

DON SANCHE

C'est l'unique bonheur où[24] mon âme prétend ;
Et, pouvant l'espérer, je m'en vais trop content.

Dessin d'André Boll pour le costume de don Sanche, Le Vieux Colombier, 1936.

23. L'injustice commise à mon égard.
24. Auquel.

Acte III

Scène 3

CHIMÈNE, ELVIRE.

CHIMÈNE

Enfin je me vois libre, et je puis sans contrainte
De mes vives douleurs te faire voir l'atteinte[25] ;
Je puis donner passage à mes tristes soupirs ;
Je puis t'ouvrir mon âme et tous mes déplaisirs.
Mon père est mort, Elvire ; et la première épée
Dont s'est armé Rodrigue, a sa trame coupée[26].
Pleurez, pleurez, mes yeux, et fondez-vous en eau !
La moitié de ma vie[27] a mis l'autre[28] au tombeau,
Et m'oblige à venger, après ce coup funeste,
Celle que je n'ai plus sur celle qui me reste.

ELVIRE

Reposez-vous[29], Madame.

CHIMÈNE

Ah ! que mal à propos
Dans un malheur si grand tu parles de repos !
Par où[30] sera jamais ma douleur apaisée,
Si je ne puis haïr la main qui l'a causée ?
Et que dois-je espérer qu'un[31] tourment éternel,
Si je poursuis un crime, aimant le criminel ?

ELVIRE

Il vous prive d'un père, et vous l'aimez encore !

25. La blessure.
26. A tranché sa vie.
27. C'est-à-dire Rodrigue.
28. C'est-à-dire le père de Chimène.
29. Reprenez votre calme.
30. Par quel moyen.
31. D'autre qu'un.

CHIMÈNE

C'est peu de dire aimer, Elvire : je l'adore ;
Ma passion s'oppose à mon ressentiment ;
Dedans[32] mon ennemi je trouve mon amant ;
Et je sens qu'en dépit de toute ma colère,
Rodrigue dans mon cœur combat encor mon père :
Il l'attaque, il le presse, il cède, il se défend,
Tantôt fort, tantôt faible, et tantôt triomphant ;
Mais, en ce dur combat de colère et de flamme[33],
Il déchire mon cœur sans partager mon âme ;
Et quoi que mon amour ait sur moi de pouvoir[34],
Je ne consulte point[35] pour suivre mon devoir :
Je cours sans balancer où mon honneur m'oblige.
Rodrigue m'est bien cher, son intérêt[36] m'afflige ;
Mon cœur prend son parti ; mais, malgré son effort[37],
Je sais ce que je suis, et que mon père est mort.

ELVIRE

Pensez-vous le poursuivre[38] ?

CHIMÈNE

Ah ! cruelle pensée !
Et cruelle poursuite où je me vois forcée !
Je demande sa tête, et crains de l'obtenir :
Ma mort suivra la sienne, et je le veux punir !

ELVIRE

Quittez, quittez, Madame, un dessein[39] si tragique ;
Ne vous imposez point de loi si tyrannique.

32. Dans, en.
33. Entre la colère et l'amour.
34. Quel que soit le pouvoir de mon amour sur mes sentiments.
35. Je n'hésite pas.
36. L'amour que j'ai pour lui.
37. La force de mon sentiment.
38. Le poursuivre en justice.
39. Projet.

CHIMÈNE

Quoi ! mon père étant mort, et presque entre mes bras,
Son sang criera vengeance, et je ne l'orrai pas[40] !
Mon cœur, honteusement surpris par d'autres charmes,
Croira ne lui devoir que d'impuissantes larmes !
Et je pourrai souffrir qu'un amour suborneur[41]
Sous un lâche silence étouffe mon honneur !

ELVIRE

Madame, croyez-moi, vous serez excusable
D'avoir moins de chaleur[42] contre un objet[43] aimable,
Contre un amant si cher : vous avez assez fait,
Vous avez vu le Roi ; n'en pressez point l'effet[44],
Ne vous obstinez point en cette humeur étrange[45].

CHIMÈNE

Il y va de ma gloire, il faut que je me venge ;
Et de quoi que nous flatte un désir amoureux,
Toute excuse est honteuse aux esprits généreux.

ELVIRE

Mais vous aimez Rodrigue, il ne vous peut déplaire.

CHIMÈNE

Je l'avoue.

ELVIRE

Après tout, que pensez-vous donc faire ?

CHIMÈNE

Pour conserver ma gloire et finir mon ennui,
Le poursuivre, le perdre[46], et mourir après lui.

40. Je ne l'entendrai pas.
41. Qui détourne du devoir.
42. Colère.
43. Une personne.
44. Le résultat.
45. Déraisonnable.
46. Provoquer sa mort.

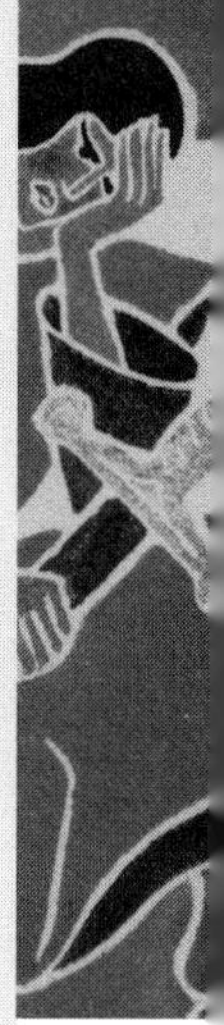

Repérer et analyser

Le lieu

1 Dans quel lieu l'action se déroule-t-elle dans ces scènes ?

L'action

Scène 1

2 **a.** Que vient faire Rodrigue dans la demeure de Chimène ? Dans quel état d'esprit est-il ?
b. Pour quelle raison Elvire demande-t-elle à Rodrigue de se cacher ?

Scène 2

3 **a.** Rappelez qui est don Sanche. Dans quelle scène est-il apparu ?
b. Quelle proposition don Sanche fait-il à Chimène ? Quel sentiment le motive ? Quelle est la réaction de Chimène à sa proposition ?

Scène 3

4 Quel sentiment Chimène avoue-t-elle éprouver toujours pour Rodrigue ? Quelle décision prend-elle en ce qui concerne Rodrigue ? Et en ce qui concerne son propre avenir ?

La situation d'énonciation

5 Où Rodrigue se trouve-t-il pendant les scènes 2 et 3 ? Quel intérêt y a-t-il à ce que Rodrigue assiste à ces scènes clandestinement ?

6 Entre quels sentiments contradictoires Chimène est-elle partagée ? Relevez les vers présentant des antithèses.

7 Relevez les passages où il est question de son honneur. En quoi Chimène est-elle proche de Rodrigue ?

Les règles de bienséance

8 La présence de Rodrigue dans la maison de Chimène a été jugée inconvenante à l'époque de Corneille. Pour quelle raison selon vous ?

Les hypothèses et les attentes du spectateur

9 À quelle suite le spectateur peut-il s'attendre ?

Acte III

Scène 4

DON RODRIGUE, CHIMÈNE, ELVIRE.

DON RODRIGUE

Eh bien ! sans vous donner la peine de poursuivre,
Assurez-vous l'honneur de m'empêcher de vivre.

CHIMÈNE

Elvire, où sommes-nous, et qu'est-ce que je voi[1] ?
Rodrigue en ma maison ! Rodrigue devant moi !

DON RODRIGUE

N'épargnez point mon sang : goûtez sans résistance
La douceur de ma perte et de votre vengeance.

CHIMÈNE

Hélas !

DON RODRIGUE

Écoute-moi.

CHIMÈNE

Je me meurs.

DON RODRIGUE

Un moment.

CHIMÈNE

Va, laisse-moi mourir.

DON RODRIGUE

Quatre mots seulement :
Après, ne me réponds qu'avecque[2] cette épée.

1. Orthographe admise au XVIIe siècle.
2. Forme poétique pour « avec ».

CHIMÈNE

Quoi ! du sang de mon père encor[3] toute trempée !

DON RODRIGUE

Ma Chimène...

CHIMÈNE

Ôte-moi cet objet odieux,
Qui reproche[4] ton crime et ta vie à mes yeux.

DON RODRIGUE

Regarde-le plutôt pour exciter ta haine,
Pour croître ta colère et pour hâter ma peine.

CHIMÈNE

Il est teint de mon sang.

DON RODRIGUE

Plonge-le dans le mien,
Et fais-lui perdre ainsi la teinture[5] du tien.

CHIMÈNE

Ah ! quelle cruauté, qui tout en un jour tue
Le père par le fer, la fille par la vue !
Ôte-moi cet objet, je ne le puis souffrir :
Tu veux que je t'écoute, et tu me fais mourir !

DON RODRIGUE

Je fais ce que tu veux, mais sans quitter[6] l'envie
De finir par tes mains ma déplorable[7] vie ;
Car enfin n'attends pas de mon affection
Un lâche repentir d'une bonne action.
L'irréparable effet d'une chaleur trop prompte[8]

3. Forme poétique pour « encore ».
4. Rappelle douloureusement.
5. Couleur.
6. Perdre.
7. Digne de pleurs, triste.
8. Cette expression désigne le soufflet.

Déshonorait mon père, et me couvrait de honte.
Tu sais comme un soufflet touche un homme de cœur ;
J'avais part à[9] l'affront, j'en ai cherché l'auteur :
Je l'ai vu, j'ai vengé mon honneur et mon père ;
Je le ferais encor, si j'avais à le faire.
Ce n'est pas qu'en effet[10] contre mon père et moi
Ma flamme assez longtemps n'ait combattu pour toi ;
Juge de son pouvoir : dans une telle offense
J'ai pu délibérer si[11] j'en prendrais vengeance.
Réduit à te déplaire, ou souffrir un affront,
J'ai pensé qu'à son tour mon bras était trop prompt ;
Je me suis accusé de trop de violence ;
Et ta beauté sans doute emportait la balance[12],
À moins que d'opposer[13] à tes plus forts appas
Qu'un homme sans honneur ne te méritait pas ;
Que, malgré cette part que j'avais en ton âme,
Qui[14] m'aima généreux me haïrait infâme ;
Qu'écouter ton amour, obéir à sa voix,
C'était m'en rendre indigne et diffamer[15] ton choix.
Je te le dis encore ; et quoique j'en soupire,
Jusqu'au dernier soupir je veux bien[16] le redire :
Je t'ai fait une offense, et j'ai dû m'y porter[17]
Pour effacer ma honte, et pour te mériter ;
Mais quitte[18] envers l'honneur, et quitte envers mon père,
C'est maintenant à toi que je viens satisfaire[19].
C'est pour t'offrir mon sang qu'en ce lieu tu me vois.
J'ai fait ce que j'ai dû, je fais ce que je dois.
Je sais qu'un père mort t'arme contre mon crime ;

9. J'étais concerné par.
10. Effectivement, en réalité.
11. J'ai pu me demander si.
12. Aurait triomphé.
13. Si je n'avais pas opposé.
14. La personne qui.
15. Discréditer.
16. Avec force.
17. M'y résoudre.
18. Libéré d'une dette.
19. Offrir réparation.

Je ne t'ai pas voulu dérober ta victime :
Immole avec courage au sang qu'il[20] a perdu
Celui qui met sa gloire à l'avoir répandu.

CHIMÈNE

Ah ! Rodrigue, il est vrai, quoique ton ennemie,
Je ne puis te blâmer d'avoir fui l'infamie ;
Et de quelque façon qu'éclatent mes douleurs,
Je ne t'accuse point, je pleure mes malheurs.
Je sais ce que l'honneur, après un tel outrage,
Demandait à l'ardeur d'un généreux courage :
Tu n'as fait le devoir que[21] d'un homme de bien ;
Mais aussi, le faisant, tu m'as appris le mien.
Ta funeste[22] valeur m'instruit par ta victoire ;
Elle a vengé ton père et soutenu ta gloire :
Même soin[23] me regarde, et j'ai, pour m'affliger,
Ma gloire à soutenir, et mon père à venger.
Hélas ! ton intérêt[24] ici me désespère :
Si quelque autre malheur m'avait ravi mon père,
Mon âme aurait trouvé dans le bien[25] de te voir
L'unique allégement[26] qu'elle eût pu recevoir ;
Et contre ma douleur j'aurais senti des charmes,
Quand une main si chère eût essuyé mes larmes.
Mais il me faut te perdre après l'avoir perdu ;
Cet effort sur ma flamme à mon honneur est dû ;
Et cet affreux devoir, dont l'ordre m'assassine,
Me force à travailler moi-même à ta ruine.
Car enfin n'attends pas de mon affection
De lâches sentiments pour[27] ta punition.

20. Désigne le Comte.
21. Tu n'as rien fait d'autre que le devoir.
22. Qui apporte le malheur, fatale.
23. La même mission.
24. L'amour que j'ai pour toi.
25. Le bonheur.
26. Soulagement.
27. En ce qui concerne.

De quoi qu'en ta faveur notre amour m'entretienne[28],
Ma générosité doit répondre à la tienne :
Tu t'es, en m'offensant, montré digne de moi ;
Je me dois, par ta mort, montrer digne de toi.

DON RODRIGUE

Ne diffère donc plus[29] ce que l'honneur t'ordonne :
Il demande ma tête, et je te l'abandonne ;
Fais-en un sacrifice à ce noble intérêt :
Le coup m'en sera doux, aussi bien que l'arrêt[30].
Attendre après mon crime une lente justice,
C'est reculer ta gloire autant que mon supplice.
Je mourrai trop heureux, mourant d'un coup si beau.

CHIMÈNE

Va, je suis ta partie[31], et non pas ton bourreau.
Si tu m'offres ta tête, est-ce à moi de la prendre ?
Je la dois attaquer, mais tu dois la défendre ;
C'est d'un autre que toi qu'il me faut l'obtenir,
Et je dois te poursuivre, et non pas te punir.

DON RODRIGUE

De quoi qu'en ma faveur notre amour t'entretienne,
Ta générosité doit répondre à la mienne ;
Et pour venger un père emprunter d'autres bras,
Ma Chimène, crois-moi, c'est n'y répondre pas :
Ma main seule du mien a su venger l'offense,
Ta main seule du tien doit prendre la vengeance.

CHIMÈNE

Cruel ! à quel propos sur ce point t'obstiner ?
Tu t'es vengé sans aide, et tu m'en[32] veux donner !

28. Malgré tout ce que notre amour dit en ta faveur.
29. Ne retarde donc plus.
30. La décision.
31. Ton adversaire (terme juridique).
32. De l'aide.

Je suivrai ton exemple, et j'ai trop de courage
Pour souffrir qu'avec toi ma gloire se partage.
Mon père et mon honneur ne veulent rien devoir
Aux traits de[33] ton amour ni de ton désespoir.

DON RODRIGUE

Rigoureux point d'honneur ! hélas ! quoi que je fasse,
Ne pourrai-je à la fin obtenir cette grâce ?
Au nom d'un père mort, ou de notre amitié,
Punis-moi par vengeance, ou du moins par pitié.
Ton malheureux amant aura bien moins de peine
À mourir par ta main qu'à vivre avec ta haine.

CHIMÈNE

Va, je ne te hais point.

DON RODRIGUE

Tu le dois.

CHIMÈNE

Je ne puis.

DON RODRIGUE

Crains-tu si peu le blâme, et si peu les faux bruits[34] ?
Quand on saura mon crime, et que ta flamme dure,
Que ne publieront point[35] l'envie et l'imposture !
Force-les au silence, et sans plus discourir,
Sauve ta renommée en me faisant mourir.

CHIMÈNE

Elle éclate bien mieux en te laissant[36] la vie ;
Et je veux que la voix de la plus noire envie

33. À l'effet de.
34. Calomnies, médisances.
35. Quelles rumeurs ne seront pas répandues par.
36. Si je te laisse.

Élève au ciel[37] ma gloire et plaigne mes ennuis,
Sachant que je t'adore et que je te poursuis.
Va-t'en, ne montre plus à ma douleur extrême
Ce qu'il faut que je perde, encore que je l'aime.
Dans l'ombre de la nuit cache bien ton départ :
Si l'on te voit sortir, mon honneur court hasard[38].
La seule occasion qu'aura la médisance,
C'est de savoir qu'ici j'ai souffert ta présence :
Ne lui donne point lieu d'attaquer ma vertu.

DON RODRIGUE

Que je meure ![39]

CHIMÈNE

Va-t'en.

DON RODRIGUE

À quoi te résous-tu ?

CHIMÈNE

Malgré des feux si beaux, qui troublent ma colère[40],
Je ferai mon possible à[41] bien venger mon père ;
Mais malgré la rigueur d'un si cruel devoir,
Mon unique souhait est de ne rien pouvoir.

DON RODRIGUE

Ô miracle d'amour !

CHIMÈNE

Ô comble de misères !

DON RODRIGUE

Que de maux et de pleurs nous coûteront nos pères !

37. Fasse l'éloge de.
38. Court un risque.
39. Plutôt mourir !
40. Qui entament mon désir de vengeance.
41. Pour.

CHIMÈNE

Rodrigue, qui l'eût cru ?

DON RODRIGUE

Chimène, qui l'eût dit ?

CHIMÈNE

Que notre heur[42] fût si proche et sitôt se perdît ?

DON RODRIGUE

Et que si près du port, contre toute apparence[43],
Un orage si prompt brisât notre espérance ?

CHIMÈNE

Ah ! mortelles douleurs !

DON RODRIGUE

Ah ! regrets superflus !

CHIMÈNE

Va-t'en, encore un coup[44], je ne t'écoute plus.

DON RODRIGUE

Adieu : je vais traîner une mourante vie,
Tant que[45] par ta poursuite elle me soit ravie.

CHIMÈNE

Si j'en obtiens l'effet, je t'engage ma foi[46]
De ne respirer pas un moment après toi.
Adieu : sors, et surtout garde bien qu'on te voie[47].

ELVIRE

Madame, quelques maux que le ciel nous envoie…

42. Bonheur.
43. Probabilité, attente.
44. Encore une fois.
45. Jusqu'à ce que.
46. Je te promets.
47. Prends garde qu'on ne te voie pas.

CHIMÈNE

Ne m'importune plus, laisse-moi soupirer,
Je cherche le silence et la nuit pour pleurer.

Chimène et Rodrigue. Illustration de Maurice L'Hoir, 1947.

Questions

Repérer et analyser

Le lieu et le temps

1 **a.** Dans quel lieu l'action se déroule-t-elle dans cette scène ?
b. À quel moment de la journée ? Justifiez votre réponse.

La progression du dialogue

2 Observez la longueur des répliques : repérez les tirades, les échanges rapides de répliques, les échanges où le dialogue est équilibré. Quelle est leur répartition dans la scène ?

3 Que demande Rodrigue à Chimène ? Relevez les vers où il exprime cette demande.

4 Quelle justification Rodrigue donne-t-il à son acte (v. 888 à 896) ? Quel a été le principal moteur de son acte ?

5 **a.** Chimène respecte-t-elle le choix de Rodrigue ?
b. Quels devoirs estime-t-elle être les siens ?

6 **a.** Dans les vers 869 à 904 et 905 à 932, relevez les parallélismes et les oppositions.
b. En quoi les deux personnages ont-ils un comportement semblable et obéissent-ils aux mêmes valeurs ?

7 **a.** Quels arguments Chimène utilise-t-elle dans les vers 940 à 972 pour convaincre Rodrigue qu'elle ne peut accéder à sa demande ?
b. Refuse-t-elle pour autant qu'il soit puni ?
c. « Et je dois te poursuivre, et non pas te punir » (v. 944) : quelle différence faites-vous entre « poursuivre » et « punir » ?
d. Quel type de punition Chimène souhaite-t-elle pour Rodrigue ?

8 Quel engagement prend-elle dans les vers 995-996 ?

L'héroïsme cornélien

9 En quoi Rodrigue et Chimène font-ils tous deux preuve d'héroïsme ? Quels sont leurs devoirs respectifs ? Quel sacrifice font-ils ?

10 Montrez en citant le texte que cet héroïsme n'exclut ni la souffrance ni le déchirement. Pour répondre, appuyez-vous notamment sur le vers 984.

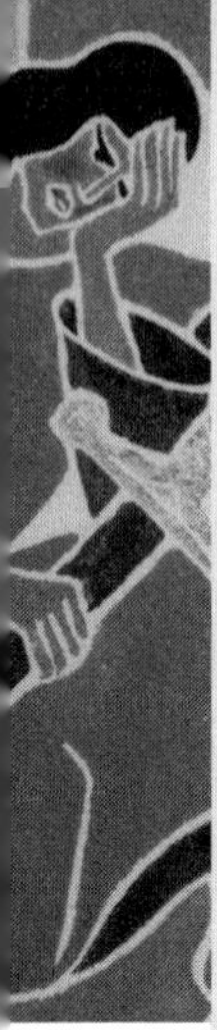

Le lyrisme

Le *lyrisme* se caractérise par l'expression des sentiments personnels.

11 Relisez les vers 985 à 992.
Quels sentiments Rodrigue et Chimène expriment-ils ? Montrez que les types de phrases, les expressions parallèles, les effets de rythme et de sonorités (notamment dans les vers 987-988) contribuent à traduire leurs sentiments.

12 La litote

La *litote* est une figure de style qui consiste à dire moins pour faire entendre plus.

« Va, je ne te hais point » (v. 963) : en quoi cette phrase constitue-t-elle une litote ? Que signifie-t-elle en réalité ?

Les hypothèses et les attentes du spectateur

13 **a.** Quel effet cette scène produit-elle sur le spectateur ? Fait-elle avancer l'action ?
b. Pour quelle raison, à l'époque de Pierre Corneille, a-t-il pu paraître inconvenant que Rodrigue se rende chez Chimène une fois son crime accompli ?
c. À quelle suite le spectateur peut-il s'attendre ?

Acte III

Scène 5

DON DIÈGUE.

La place publique.

Jamais nous ne goûtons de parfaite allégresse :
Nos plus heureux succès sont mêlés de tristesse ;
Toujours quelques soucis en ces événements
Troublent la pureté de nos contentements.
Au milieu du bonheur mon âme en sent l'atteinte :
Je nage dans la joie, et je tremble de crainte.
J'ai vu mort l'ennemi qui m'avait outragé,
Et je ne saurais voir[1] la main qui m'a vengé.
En vain je m'y travaille[2], et d'un soin inutile,
Tout cassé que je suis, je cours toute la ville :
Ce peu que mes vieux ans m'ont laissé de vigueur
Se consume sans fruit[3] à chercher ce vainqueur.
À toute heure, en tous lieux, dans une nuit si sombre,
Je pense l'embrasser, et n'embrasse qu'une ombre
Et mon amour, déçu[4] par cet objet trompeur,
Se forme des soupçons[5] qui redoublent ma peur.
Je ne découvre point de marques de sa fuite ;
Je crains du Comte mort les amis et la suite ;
Leur nombre m'épouvante, et confond[6] ma raison.
Rodrigue ne vit plus, ou respire en prison.
Justes cieux ! me trompé-je encore à l'apparence,
Ou si[7] je vois enfin mon unique espérance ?
C'est lui, n'en doutons plus ; mes vœux sont exaucés,
Ma crainte est dissipée, et mes ennuis cessés.

1. Je ne parviens pas à voir, à trouver.
2. Je me donne de la peine.
3. Se dépense inutilement.
4. Trompé, abusé.
5. Imagine des malheurs.
6. Trouble.
7. Ou est-ce que.

Don Diègue. Illustration de Maurice L'Hoir, 1947.

Acte III

Scène 6

DON DIÈGUE, DON RODRIGUE.

DON DIÈGUE

Rodrigue, enfin le ciel permet que je te voie !

DON RODRIGUE

Hélas !

DON DIÈGUE

Ne mêle point de soupirs à ma joie ;
Laisse-moi prendre haleine afin de te louer.
Ma valeur n'a point lieu de te désavouer :
Tu l'as bien imitée, et ton illustre audace
Fait bien revivre en toi les héros de ma race :
C'est d'eux que tu descends, c'est de moi que tu viens.
Ton premier coup d'épée égale tous les miens ;
Et d'une belle ardeur ta jeunesse animée
Par cette grande épreuve atteint[8] ma renommée.
Appui de ma vieillesse, et comble de mon heur[9],
Touche ces cheveux blancs à qui tu rends l'honneur,
Viens baiser cette joue, et reconnais la place
Où fut empreint[10] l'affront que ton courage efface.

DON RODRIGUE

L'honneur vous en est dû : je ne pouvais pas moins,
Étant sorti[11] de vous et nourri par vos soins.
Je m'en tiens trop heureux[12], et mon âme est ravie
Que mon coup d'essai plaise à qui je dois la vie ;
Mais parmi vos plaisirs ne soyez point jaloux

8. Égale.
9. Bonheur.
10. Inscrit.
11. Étant né.
12. Je suis très heureux de cette victoire.

Si je m'ose à mon tour satisfaire[13] après vous.
Souffrez qu'en liberté mon désespoir éclate ;
Assez et trop longtemps votre discours le flatte[14].
Je ne me repens point de vous avoir servi ;
Mais rendez-moi le bien que ce coup m'a ravi[15].
Mon bras, pour vous venger, armé contre ma flamme,
Par ce coup glorieux m'a privé de mon âme[16] ;
Ne me dites plus rien ; pour vous j'ai tout perdu :
Ce que je vous devais, je vous l'ai bien rendu.

DON DIÈGUE

Porte, porte plus haut le fruit de ta victoire[17] :
Je t'ai donné la vie, et tu me rends ma gloire ;
Et d'autant que l'honneur m'est plus cher que le jour,
D'autant plus maintenant je te dois de retour[18].
Mais d'un cœur magnanime[19] éloigne ces faiblesses ;
Nous n'avons qu'un honneur, il est tant de maîtresses !
L'amour n'est qu'un plaisir, l'honneur est un devoir.

DON RODRIGUE

Ah ! que me dites-vous ?

DON DIÈGUE

Ce que tu dois savoir.

DON RODRIGUE

Mon honneur offensé sur moi-même se venge[20] ;
Et vous m'osez pousser à la honte du change[21] !
L'infamie est pareille, et suit également
Le guerrier sans courage et le perfide amant.

13. Si j'ose m'exprimer pleinement.
14. Le trompe.
15. M'a ôté, enlevé.
16. De celle que j'aime.
17. Sois plus fier du résultat de ta victoire.
18. En retour.
19. Courageux.
20. En vengeant mon honneur, c'est moi-même que je punis.
21. Changement de maîtresse, infidélité.

À ma fidélité ne faites point d'injure ;
Souffrez-moi généreux sans me rendre parjure[22] :
Mes liens sont trop forts pour être ainsi rompus ;
Ma foi m'engage encor si je n'espère plus[23] ;
Et ne pouvant quitter ni posséder Chimène,
Le trépas que je cherche est ma plus douce peine.

DON DIÈGUE

Il n'est pas temps encor de chercher le trépas :
Ton prince et ton pays ont besoin de ton bras.
La flotte qu'on craignait, dans ce grand fleuve entrée,
Croit surprendre la ville et piller la contrée.
Les Mores vont descendre, et le flux et la nuit
Dans une heure à nos murs les amènent sans bruit.
La cour est en désordre, et le peuple en alarmes :
On n'entend que des cris, on ne voit que des larmes.
Dans ce malheur public mon bonheur a permis
Que j'ai trouvé chez moi cinq cents de mes amis,
Qui sachant mon affront, poussés d'un même zèle,
Se venaient tous offrir à venger ma querelle.
Tu les a prévenus[24], mais leurs vaillantes mains
Se tremperont bien mieux au[25] sang des Africains.
  Va marcher à leur tête où l'honneur te demande :
C'est toi que veut pour chef leur généreuse bande[26].
De ces vieux ennemis va soutenir l'abord[27].
Là, si tu veux mourir, trouve une belle mort ;
Prends-en l'occasion, puisqu'elle t'est offerte ;
Fais devoir à ton Roi[28] son salut à ta perte ;

22. Acceptez que je défende l'honneur de ma lignée sans pour autant trahir mon amour.
23. Je dois respecter mon engagement même si je n'ai plus d'espoir.
24. Devancés.
25. Dans le.
26. Troupe (au sens propre et non péjoratif ou familier).
27. L'attaque.
28. Fais que ton Roi doive.

Mais reviens-en plutôt les palmes sur le front.
Ne borne pas ta gloire à venger un affront ;
Porte-la plus avant : force par ta vaillance
Ce monarque au pardon, et Chimène au silence ;
Si tu l'aimes, apprends que revenir vainqueur,
C'est l'unique moyen de regagner son cœur.
Mais le temps est trop cher pour le perdre en paroles ;
Je t'arrête en discours, et je veux que tu voles.
Viens, suis-moi, va combattre et montrer à ton Roi
Que ce qu'il perd au Comte[29] il le recouvre[30] en toi.

29. Avec le Comte.
30. Retrouve.

Repérer et analyser

L'action

1 **a.** Dans quel lieu l'action se déroule-t-elle ?
b. À quel moment de la journée ? Relevez une indication de temps et reportez-vous à la scène précédente.

2 Quel est l'événement politique qui se prépare (v. 1075) ?

Les relations entre les personnages

3 Quelle crainte don Diègue exprime-t-il pour son fils dans le monologue de la scène 5 ?

4 Quel est l'état d'esprit de don Diègue au début de la scène ? Quel est celui de Rodrigue ? Justifiez votre réponse.

5 **a.** Relisez les vers 1053 à 1070.
Quelle est la valeur suprême pour don Diègue ? Rodrigue partage-t-il la conception de son père ?
b. Analysez l'évolution du rapport entre les deux personnages depuis la scène 5 de l'Acte I. Pour répondre à cette question, montrez en citant le texte que Rodrigue s'émancipe et prend ses distances par rapport à son père.

6 Quels sont les deux arguments qu'utilise don Diègue pour envoyer son fils au combat ? Selon vous, lequel est de nature à convaincre Rodrigue ?

Les hypothèses et les attentes du spectateur

7 **a.** En quoi cette dernière scène est-elle une scène de transition et fournit-elle une issue à Rodrigue ?
b. À quelle suite le spectateur peut-il s'attendre ?

S'exprimer à l'oral

Les vers cornéliens

8 Recopiez les vers 1058 et 1059. Apprenez-les par cœur et récitez-les devant la classe.

Enquêter

L'amour courtois

9 La conception que Rodrigue se fait de l'amour se rapproche de la conception courtoise de l'amour née au Moyen Âge. Faites une recherche sur l'amour courtois et présentez un dossier illustré : définition et composantes de l'amour courtois, aspect historique, aspect littéraire et aspect artistique…

Loys et Liédet : miniature du XVe siècle in Dialogue de Maulgis et Orlande de Renaud de Montauban.

Faire le point sur l'Acte III

Le temps

1 **a.** À quel moment de la journée l'action se déroule-t-elle dans cet acte ?
b. Combien de temps s'est-il approximativement écoulé depuis le début de la pièce ?

L'action

2 **a.** Quel rôle don Sanche se propose-t-il de jouer auprès de Chimène ?
b. Accepte-t-elle cette aide ?
3 Quels personnages se rencontrent dans la scène 4 ?
4 **a.** Contre quels ennemis Rodrigue va-t-il se battre ? Qui l'envoie au combat ?
b. Quel est, pour Rodrigue, l'enjeu de cette bataille ?

L'héroïsme cornélien

5 Quels sentiments Rodrigue et Chimène éprouvent-ils et s'avouent-ils ?
6 Que demande Rodrigue à Chimène ? Accepte-t-elle ?
7 En quoi chacun des personnages se dépasse-t-il ?

Les attentes du spectateur

8 À quelle suite le spectateur peut-il s'attendre ?

Acte IV

Scène première

CHIMÈNE, ELVIRE.

Chez Chimène.

CHIMÈNE

N'est-ce point un faux fruit ? le sais-tu bien, Elvire ?

ELVIRE

Vous ne croiriez jamais comme chacun l'admire,
Et porte jusqu'au ciel, d'une commune voix,
De ce jeune héros les glorieux exploits.
Les Mores devant lui n'ont paru qu'à leur honte ;
Leur abord[1] fut bien prompt, leur fuite encor plus prompte.
Trois heures de combat laissent à nos guerriers
Une victoire entière et deux rois prisonniers.
La valeur de leur chef ne trouvait point d'obstacles.

CHIMÈNE

Et la main de Rodrigue a fait tous ces miracles ?

ELVIRE

De ses nobles efforts ces deux rois sont le prix :
Sa main les a vaincus, et sa main les a pris.

CHIMÈNE

De qui peux-tu savoir ces nouvelles étranges[2] ?

ELVIRE

Du peuple, qui partout fait sonner ses louanges,
Le nomme de sa joie et l'objet et l'auteur,
Son ange tutélaire[3], et son libérateur.

1. Arrivée. 2. Extraordinaires. 3. Ange protecteur.

CHIMÈNE

Et le Roi, de quel œil voit-il tant de vaillance ?

ELVIRE

Rodrigue n'ose encor paraître en sa présence ;
Mais don Diègue ravi[4] lui présente enchaînés,
Au nom de ce vainqueur, ces captifs couronnés,
Et demande pour grâce à ce généreux prince
Qu'il daigne voir la main qui sauve la province.

CHIMÈNE

Mais n'est-il point blessé ?

ELVIRE

Je n'en ai rien appris.
Vous changez de couleur ! reprenez vos esprits.

CHIMÈNE

Reprenons donc aussi ma colère affaiblie :
Pour avoir soin de lui[5] faut-il que je m'oublie ?
On le vante, on le loue, et mon cœur y consent !
Mon honneur est muet, mon devoir impuissant !
Silence, mon amour, laisse agir ma colère :
S'il a vaincu deux rois, il a tué mon père ;
Ces tristes vêtements, où je lis mon malheur,
Sont les premiers effets qu'ait produits sa valeur ;
Et quoi qu'on die[6] ailleurs d'un cœur si magnanime,
Ici tous les objets me parlent de son crime.
Vous qui rendez la force à mes ressentiments,
Voile, crêpes[7], habits, lugubres ornements,
Pompe[8] que me prescrit sa première victoire[9],

4. Transporté de joie.
5. Bien que je me préoccupe de lui.
6. Dise (forme ancienne du subjonctif).
7. Morceaux de tissu noir, signes de deuil.
8. Apparat funéraire.
9. Sa victoire contre le Comte.

Contre ma passion soutenez bien ma gloire ;
Et lorsque mon amour prendra trop de pouvoir,
Parlez à mon esprit de mon triste devoir,
Attaquez sans rien craindre une main triomphante.

ELVIRE

Modérez ces transports, voici venir l'Infante.

Acte IV

Scène 2

L'INFANTE, CHIMÈNE, LÉONOR, ELVIRE.

L'INFANTE

Je ne viens pas ici consoler tes douleurs ;
Je viens plutôt mêler mes soupirs à tes pleurs.

CHIMÈNE

Prenez bien plutôt part à la commune joie,
Et goûtez le bonheur que le ciel vous envoie,
Madame : autre que moi[10] n'a droit de soupirer.
Le péril dont Rodrigue a su nous retirer,
Et le salut public que vous rendent ses armes,
À moi seule aujourd'hui souffrent[11] encor les larmes.
Il a sauvé la ville, il a servi son roi ;
Et son bras valeureux n'est funeste qu'à moi.

L'INFANTE

Ma Chimène, il est vrai qu'il a fait des merveilles[12].

10. Personne d'autre que moi. | **11.** Permettent. | **12.** Miracles.

CHIMÈNE

Déjà ce bruit fâcheux a frappé mes oreilles ;
Et je l'entends partout publier hautement[13]
Aussi brave guerrier que malheureux amant.

L'INFANTE

Qu'a de fâcheux pour toi ce discours populaire[14] ?
Ce jeune Mars[15] qu'il loue a su jadis te plaire :
Il possédait ton âme, il vivait sous tes lois ;
Et vanter sa valeur, c'est honorer ton choix.

CHIMÈNE

Chacun peut la vanter avec quelque justice[16] ;
Mais pour moi sa louange est un nouveau supplice.
On aigrit[17] ma douleur en l'[18]élevant si haut :
Je vois ce que je perds quand je vois ce qu'il vaut.
Ah ! cruels déplaisirs à l'esprit d'une amante !
Plus j'apprends son mérite, et plus mon feu s'augmente :
Cependant mon devoir est toujours le plus fort,
Et, malgré mon amour, va poursuivre sa mort.

L'INFANTE

Hier ce devoir te mit en une haute estime ;
L'effort que tu te fis parut si magnanime[19],
Si digne d'un grand cœur, que chacun à la cour
Admirait ton courage et plaignait ton amour.
Mais croirais-tu l'avis d'une amitié fidèle ?

CHIMÈNE

Ne vous obéir pas me rendrait criminelle.

13. Être appelé publiquement.
14. Propos venant du peuple.
15. Ce jeune héros guerrier (Mars est le dieu de la guerre chez les Romains).
16. À juste titre.
17. On exaspère, augmente.
18. Représente Rodrigue.
19. Courageux.

L'INFANTE

Ce qui fut juste alors ne l'est plus aujourd'hui.
Rodrigue maintenant est notre unique appui,
L'espérance et l'amour d'un peuple qui l'adore,
Le soutien de Castille, et la terreur du More.
Le Roi même est d'accord de[20] cette vérité,
Que ton père en lui seul se voit ressuscité ;
Et si tu veux enfin qu'en deux mots je m'explique,
Tu poursuis en sa mort la ruine publique.
Quoi ! pour venger un père est-il jamais permis
De livrer sa patrie aux mains des ennemis ?
Contre nous ta poursuite est-elle légitime,
Et pour être punis avons-nous part au crime[21] ?
Ce n'est pas qu'après tout tu doives épouser
Celui qu'un père mort t'obligeait d'accuser :
Je te voudrais moi-même en arracher l'envie ;
Ôte-lui ton amour, mais laisse-nous sa vie.

CHIMÈNE

Ah ! ce n'est pas à moi d'avoir tant de bonté ;
Le devoir qui m'aigrit n'a rien de limité.
Quoique pour ce vainqueur mon amour s'intéresse,
Quoiqu'un peuple l'adore et qu'un roi le caresse[22],
Qu'il soit environné des plus vaillants guerriers,
J'irai sous mes cyprès[23] accabler ses lauriers.

L'INFANTE

C'est générosité quand pour venger un père
Notre devoir attaque une tête si chère ;
Mais c'en est une encor d'un plus illustre rang,

20. Sur.
21. Sommes-nous responsables du crime, pour mériter d'être ainsi punis ?
22. Lui témoigne sa faveur, son attachement.
23. La tombe de mon père (le cyprès est l'arbre de la mort).

Quand on donne au public[24] les intérêts du sang.
Non, crois-moi, c'est assez que d'éteindre ta flamme ;
Il sera trop puni s'il n'est plus dans ton âme.
Que le bien du pays t'impose cette loi :
Aussi bien[25], que crois-tu que t'accorde le Roi ?

CHIMÈNE

Il peut me refuser, mais je ne puis me taire.

L'INFANTE

Pense bien, ma Chimène, à ce que tu veux faire.
Adieu : tu pourras seule y penser à loisir.

CHIMÈNE

Après mon père mort[26], je n'ai point à choisir.

Acte IV

Scène 3

DON FERNAND, DON DIÈGUE, DON ARIAS, DON RODRIGUE, DON SANCHE.

Chez le Roi.

DON FERNAND

Généreux héritier d'une illustre famille,
Qui fut toujours la gloire et l'appui de Castille,
Race de tant d'aïeux en valeur signalés[27],
Que l'essai de la tienne[28] a sitôt égalés,
Pour te récompenser ma force est trop petite ;

24. On sacrifie à l'intérêt public.
25. D'ailleurs.
26. Après la mort de mon père.
27. Descendant de tant d'ancêtres célèbres par leur valeur.
28. Le premier témoignage de ta valeur.

Et j'ai moins de pouvoir que tu n'as de mérite.
Le pays délivré d'un si rude ennemi,
Mon sceptre[29] dans ma main par la tienne affermi,
Et les Mores défaits[30] avant qu'en ces alarmes[31]
J'eusse pu donner ordre à[32] repousser leurs armes,
Ne sont point des exploits qui laissent à ton roi
Le moyen ni l'espoir de s'acquitter vers[33] toi.
Mais deux rois tes captifs feront ta récompense.
Ils t'ont nommé tous deux leur Cid en ma présence :
Puisque Cid en leur langue est autant que seigneur,
Je ne t'envierai pas ce beau titre d'honneur.
Sois désormais le Cid : qu'à ce grand nom tout cède ;
Qu'il comble d'épouvante et Grenade et Tolède[34],
Et qu'il marque à tous ceux qui vivent sous mes lois
Et ce que tu me vaux[35], et ce que je te dois.

DON RODRIGUE

Que Votre Majesté, Sire, épargne ma honte
D'un si faible service elle fait trop de conte[36],
Et me force à rougir devant un si grand roi
De mériter si peu l'honneur que j'en reçoi.
Je sais trop que je dois au bien de votre empire,
Et le sang qui m'anime, et l'air que je respire ;
Et quand je les perdrai pour un si digne objet,
Je ferai seulement le devoir d'un sujet.

DON FERNAND

Tous ceux que ce devoir à mon service engage
Ne s'en acquittent pas avec même[37] courage ;

29. Symbole du pouvoir royal.
30. Vaincus, mis en déroute.
31. Émotions causées par la présence des Mores.
32. Donner des ordres pour.
33. Envers.
34. Villes que l'Espagne disputait aux Mores.
35. Ce que tu me permets d'obtenir.
36. Elle lui donne trop d'importance.
37. Le même.

Et lorsque la valeur ne va point dans[38] l'excès,
Elle ne produit point de si rares succès.
Souffre[39] donc qu'on te loue, et de cette victoire
Apprends-moi plus au long la véritable histoire.

Don Rodrigue

Sire, vous avez su qu'en ce danger pressant,
Qui jeta dans la ville un effroi si puissant,
Une troupe d'amis chez mon père assemblée
Sollicita[40] mon âme encor toute troublée...
Mais, Sire, pardonnez à ma témérité,
Si j'osai l'employer sans votre autorité :
Le péril approchait ; leur brigade était prête ;
Me montrant à la cour, je hasardais ma tête ;
Et s'il fallait la perdre, il m'était bien plus doux
De sortir de la vie en combattant pour vous.

Don Fernand

J'excuse ta chaleur[41] à venger ton offense ;
Et l'État défendu me parle en ta défense :
Crois que dorénavant Chimène a beau parler,
Je ne l'écoute plus que pour la consoler.
Mais poursuis.

Don Rodrigue

Sous moi[42] donc cette troupe s'avance,
Et porte sur le front une mâle assurance.
Nous partîmes cinq cents ; mais par un prompt renfort
Nous nous vîmes trois mille en arrivant au port.
Tant, à nous voir marcher avec un tel visage,
Les plus épouvantés reprenaient de courage !
J'en cache les deux tiers, aussitôt qu'arrivés,

38. Jusqu'à.
39. Accepte.
40. Poussa à agir.
41. Ardeur impulsive.
42. Sous mes ordres.

Dans le fond des vaisseaux qui lors[43] furent trouvés ;
Le reste, dont le nombre augmentait à toute heure,
Brûlant d'impatience autour de moi demeure,
Se couche contre terre et, sans faire aucun bruit,
Passe une bonne part d'une si belle nuit.
Par mon commandement la garde en fait de même,
Et se tenant cachée, aide à mon stratagème ;
Et je feins[44] hardiment d'avoir reçu de vous
L'ordre qu'on me voit suivre et que je donne à tous.
Cette obscure clarté qui tombe des étoiles
Enfin avec le flux[45] nous fait voir trente voiles ;
L'onde[46] s'enfle dessous, et d'un commun effort
Les Mores et la mer montent jusques au port.
On les laisse passer ; tout leur paraît tranquille :
Point de soldats au port, point aux murs de la ville.
Notre profond silence abusant[47] leurs esprits,
Ils n'osent plus douter de nous avoir surpris ;
Ils abordent sans peur, ils ancrent, ils descendent,
Et courent se livrer aux mains qui les attendent.
Nous nous levons alors, et tous en même temps
Poussons jusques au ciel mille cris éclatants.
Les nôtres, à ces cris, de nos vaisseaux répondent ;
Ils paraissent armés, les Mores se confondent[48],
L'épouvante les prend à demi descendus ;
Avant que de combattre, ils s'estiment perdus.
Ils couraient au pillage, et rencontrent la guerre ;
Nous les pressons[49] sur l'eau, nous les pressons sur terre,
Et nous faisons courir des ruisseaux de leur sang,
Avant qu'aucun résiste ou reprenne son rang.

43. Alors.
44. Fais semblant.
45. La marée montante.
46. L'eau.
47. Trompant.
48. Les Mores tombent dans la confusion.
49. Harcelons.

Mais bientôt, malgré nous, leurs princes les rallient[50] ;
Leur courage renaît, et leurs terreurs s'oublient :
La honte de mourir sans avoir combattu
Arrête leur désordre, et leur rend leur vertu.
Contre nous de pied ferme ils tirent leurs alfanges[51],
De notre sang au leur font d'horribles mélanges.
Et la terre, et le fleuve, et leur flotte, et le port,
Sont des champs de carnage, où triomphe la mort.
Ô combien d'actions, combien d'exploits célèbres
Sont demeurés sans gloire au milieu des ténèbres,
Où chacun, seul témoin des grands coups qu'il donnait,
Ne pouvait discerner où le sort inclinait[52] !
J'allais de tous côtés encourager les nôtres,
Faire avancer les uns, et soutenir les autres,
Ranger ceux qui venaient, les pousser à leur tour,
Et ne l'ai[53] pu savoir jusques au point du jour.
Mais enfin sa clarté montre notre avantage[54] :
Le More voit sa perte et perd soudain courage ;
Et voyant un renfort qui nous vient secourir,
L'ardeur de vaincre cède à la peur de mourir.
Ils gagnent leurs vaisseaux, ils en coupent les câbles,
Poussent jusques aux cieux des cris épouvantables,
Font retraite en tumulte, et sans considérer[55]
Si leurs rois avec eux peuvent se retirer.
Pour souffrir ce devoir leur frayeur est trop forte :
Le flux les apporta ; le reflux les remporte ;
Cependant que leurs rois, engagés parmi nous[56],
Et quelque peu des leurs[57], tous percés de nos coups,
Disputent vaillamment et vendent bien leur vie.

50. Rassemblent.
51. Sabres courbes.
52. En faveur de qui la chance tournait.
53. C'est-à-dire la tournure que prenait le combat.
54. Que nous gagnons.
55. Vérifier, regarder.
56. Au milieu de nos guerriers.
57. Un petit nombre de leurs soldats.

À se rendre moi-même en vain je les convie :
Le cimeterre[58] au poing, ils ne m'écoutent pas ;
Mais voyant à leurs pieds tomber tous leurs soldats,
Et que seuls désormais en vain ils se défendent,
Ils demandent le chef : je me nomme, ils se rendent.
Je vous les envoyai tous deux en même temps ;
Et le combat cessa faute de combattants.
C'est de cette façon que, pour votre service...

Chevalier de l'Antique Confrérie de saint Jacques de Burgos. Peinture de Cardesera, lithographiée par E. Beau. Paris, BNF.

58. Sabre à lame recourbée (cf. « alfange »).

Repérer et analyser

Le lieu et l'action

1 Dans quels lieux l'action se déroule-t-elle dans ces scènes ?

2 Que s'est-il passé hors scène entre les deux actes ?

3 **a.** Quel accueil le roi fait-il à Rodrigue ?
b. Quel titre lui confère-t-il ?

Les personnages

Chimène

4 Quelles sont les premières réactions de Chimène à l'annonce de la victoire de Rodrigue ? Appuyez-vous pour répondre sur les types de phrases.

5 **a.** Quelle est sa seconde réaction, à partir du vers 1125 ? Renonce-t-elle à son devoir de vengeance ?
b. À qui s'adresse-t-elle dans les vers 1136-1137 ? Et dans quelle intention ?

L'Infante

6 Quel conseil l'Infante donne-t-elle à Chimène (scène 2) ? Quelle est sa motivation secrète ?

Le récit de Rodrigue (vers 1257 à 1329)

Les *récits* sont nombreux dans le théâtre classique. Ils permettent d'évoquer des faits qui ont eu lieu hors de l'espace scénique. Une des règles du théâtre classique étant de bannir les scènes violentes (règles de bienséance), le récit permet au dramaturge de présenter ces épisodes sanglants.

La situation d'énonciation

7 **a.** Comment Rodrigue est-il amené à faire son récit ?
b. À qui le fait-il ? Quels sont les personnages présents ?

Les événements racontés

8 **a.** À quel moment de la journée les événements racontés par Rodrigue ont-ils eu lieu ? Justifiez votre réponse.

b. L'*oxymore*

> L'*oxymore* est une figure de style qui associe deux termes contraires.

Relevez l'oxymore du vers 1273. Quelle opposition est ici mise en évidence ?

9 **a.** Quels sont les acteurs du combat ?

b. Retrouvez les vers qui marquent les différentes phases du combat (la montée en ligne, l'embuscade, l'arrivée et le débarquement des ennemis ; la bataille, la retraite des ennemis, la victoire). Appuyez-vous sur les indicateurs de temps.

c. Quel est le temps verbal utilisé dans les vers 1301 à 1308 ? Quelle est la valeur de ce temps ? Quel est l'effet produit ?

Le registre épique

> Le *registre épique* est caractéristique de l'épopée. L'épopée met en scène les exploits d'un héros exposé à des combats hors du commun et capable d'accomplir des exploits extraordinaires.

10 En quoi le combat mené par Rodrigue a-t-il une dimension épique ?
Pour répondre :
- dites quelle prouesse Rodrigue a accomplie ;
- relevez les champs lexicaux de la lumière, des ténèbres, des bruits et des mouvements ; quel est l'effet produit ?
- relevez des exemples de vers qui sont construits sur des effets de symétrie d'hémistiche à hémistiche et qui contribuent par leur rythme à donner une dimension grandiose au combat.

La fonction du récit

11 **a.** Relevez les emplois du pronom ou du déterminant de la première personne. Qu'en déduisez-vous sur la manière dont Rodrigue présente son action ?

b. Sous quel nouveau jour Rodrigue apparaît-il après ce récit ? Est-il toujours aux yeux du roi le meurtrier du Comte ?

12 En quoi le titre de la pièce se trouve-t-il éclairé ? Appuyez-vous sur un vers précis.

Les hypothèses et les attentes du spectateur

13 À quelle suite le spectateur peut-il s'attendre ?

Écrire

Changer de point de vue

14 Imaginez qu'un gentilhomme qui a participé au combat contre les Mores aux côtés de Rodrigue raconte à Chimène le combat et le rôle que Rodrigue y a joué.
Vous vous efforcerez d'écrire cette scène sous la forme d'un dialogue de théâtre.

S'exprimer à l'oral

Réciter un monologue

15 Apprenez les vers 1273 à 1292. Récitez-les devant la classe de manière expressive. Vous veillerez à respecter le rythme des alexandrins.

Mettre en scène

Toute *mise en scène* suppose une mise en évidence des aspects (parfois implicites, sous-entendus) du texte que veut privilégier le metteur en scène.

16 **a.** Dans la scène 2, on peut être sensible au conflit entre les deux jeunes femmes. Que révèle par exemple le vers 1189 ? Comment une comédienne pourrait-elle le dire ?
b. Proposez une mise en scène où l'opposition entre Chimène et l'Infante soit soulignée de façon violente et agressive, jusqu'à la haine. Tous les éléments scéniques (déplacements, gestes, manipulations d'objets, intonations, lumières, musique…) devront recourir à cette impression.

Enquêter

La présence musulmane en Espagne

Le véritable Cid est né vers 1040 près de Burgos ; le roi représenté dans la pièce est Ferdinand Ier de Castille, qui a régné de 1035 à 1065. À cette époque, la péninsule hispanique était divisée entre les chrétiens au nord et les musulmans au sud, avec de fréquentes opérations militaires vers le sud, à la tête desquelles opéraient des chefs de guerre aventuriers tels que le Cid, les *caballeros*. Le Cid lui-même occupa le royaume de Valence de 1094 à 1099. À partir de 1085, et jusqu'en 1212, a lieu la *Reconquista*, avancée progressive des chrétiens dans le Sud, qui s'apparente à une guerre de Croisade sous la direction des rois de Castille et de Léon. Les royaumes andalous du Sud sont progressivement repris ; le dernier, celui de Grenade, ne tombera aux mains des chrétiens qu'en 1492.

17 Constituez des dossiers sur les grandes villes d'Andalousie marquées par la présence musulmane : Séville, Grenade, Cordoue. Vous présenterez les différents monuments qui témoignent de l'architecture et de l'art musulman ainsi que la civilisation hispano-mauresque (science, religion, coutumes). Vous pouvez aussi préparer des panneaux pour une exposition au CDI, sur fond sonore de musique arabo-andalouse du Moyen Âge.

Acte IV

Scène 4

DON FERNAND, DON DIÈGUE, DON RODRIGUE, DON ARIAS, DON ALONSE, DON SANCHE.

DON ALONSE

Sire, Chimène vient vous demander justice.

DON FERNAND

La fâcheuse nouvelle, et l'importun[1] devoir !
Va, je ne la veux pas obliger à te voir.
Pour tous remerciements, il faut que je te chasse ;
Mais avant que sortir, viens, que ton roi t'embrasse[2].
(Don Rodrigue rentre.)

DON DIÈGUE

Chimène le poursuit, et voudrait le sauver.

DON FERNAND

On m'a dit qu'elle l'aime, et je vais l'éprouver[3].
Montrez un œil plus triste.

1. Mal à propos, mal venu.
2. Te serre dans ses bras. Cette accolade est un honneur pour Rodrigue.
3. La mettre à l'épreuve.

Acte IV

Scène 5

DON FERNAND, DON DIÈGUE, DON ARIAS,
DON SANCHE, DON ALONSE, CHIMÈNE, ELVIRE.

DON FERNAND

Enfin, soyez contente,
Chimène, le succès[4] répond à votre attente :
Si de nos ennemis Rodrigue a le dessus,
Il est mort à nos yeux des coups qu'il a reçus ;
Rendez grâces au ciel qui vous en a vengée.
(À don Diègue.)
Voyez comme déjà sa couleur est changée.

DON DIÈGUE

Mais voyez qu'elle pâme[5], et d'un amour parfait,
Dans cette pâmoison[6], Sire, admirez l'effet.
Sa douleur a trahi les secrets de son âme,
Et ne vous permet plus de douter de sa flamme.

CHIMÈNE

Quoi ! Rodrigue est donc mort ?

DON FERNAND

Non, non, il voit le jour,
Et te conserve encore un immuable[7] amour :
Calme cette douleur qui pour lui s'intéresse[8].

CHIMÈNE

Sire, on pâme de joie, ainsi que de tristesse :
Un excès de plaisir nous rend tous languissants[9] ;
Et quand il surprend l'âme, il accable les sens.

4. Résultat.
5. S'évanouit.
6. Évanouissement.
7. Que rien ne peut changer.
8. Se passionne.
9. Dépourvus de force.

DON FERNAND

Tu veux qu'en ta faveur nous croyions l'impossible ?
Chimène, ta douleur a paru trop visible.

CHIMÈNE

Eh bien ! Sire, ajoutez ce comble à mon malheur,
Nommez ma pâmoison l'effet de ma douleur :
Un juste déplaisir à ce point m'a réduite.
Son trépas dérobait sa tête à ma poursuite ;
S'il meurt des coups reçus pour le bien du pays,
Ma vengeance est perdue et mes desseins[10] trahis :
Une si belle fin m'est trop injurieuse[11].
Je demande sa mort, mais non pas glorieuse,
Non pas dans un éclat qui l'élève si haut,
Non pas au lit d'honneur[12], mais sur un échafaud ;
Qu'il meure pour mon père, et non pour la patrie ;
Que son nom soit taché, sa mémoire flétrie.
Mourir pour le pays n'est pas un triste sort ;
C'est s'immortaliser par une belle mort.
    J'aime donc sa victoire, et je le puis sans crime ;
Elle assure[13] l'État et me rend ma victime,
Mais noble, mais fameuse entre tous les guerriers,
Le chef, au lieu de fleurs[14], couronné de lauriers ;
Et pour dire en un mot ce que j'en considère[15],
Digne d'être immolée[16] aux mânes[17] de mon père...
  Hélas ! à quel espoir me laissé-je emporter !
Rodrigue de ma part n'a rien à redouter :
Que pourraient contre lui des larmes qu'on méprise ?
Pour lui tout votre empire est un lieu de franchise[18].

10. Projets.
11. Injuste.
12. Champ d'honneur.
13. Met en sécurité.
14. Allusion à la coutume antique de couronner de fleurs les victimes dans les sacrifices.
15. Ce que j'en pense.
16. Sacrifiée.
17. Âme d'un mort.
18. Refuge où l'on est à l'abri des poursuites.

Là, sous votre pouvoir, tout lui devient permis ;
Il triomphe de moi comme des ennemis.
Dans leur sang répandu la justice étouffée
Au crime du vainqueur sert d'un[19] nouveau trophée :
Nous en croissons la pompe[20], et le mépris des lois
Nous fait suivre son char au milieu de deux rois[21].

DON FERNAND

Ma fille, ces transports[22] ont trop de violence.
Quand on rend la justice, on met tout en balance.
On a tué ton père, il était l'agresseur ;
Et la même équité[23] m'ordonne la douceur.
Avant que d'accuser ce que j'en fais paraître,
Consulte bien ton cœur : Rodrigue en est le maître,
Et ta flamme en secret rend grâces à ton roi,
Dont la faveur conserve un tel amant pour toi.

CHIMÈNE

Pour moi ! mon ennemi ! l'objet de ma colère !
L'auteur de mes malheurs ! l'assassin de mon père !
De ma juste poursuite on fait si peu de cas[24]
Qu'on me croit obliger[25] en ne m'écoutant pas !
Puisque vous refusez la justice à mes larmes,
Sire, permettez-moi de recourir aux armes ;
C'est par là seulement qu'il a su m'outrager,
Et c'est aussi par là que je me dois venger.
À tous vos cavaliers[26] je demande sa tête :
Oui, qu'un d'eux me l'apporte, et je suis sa conquête ;
Qu'ils le combattent, Sire ; et le combat fini,

19. De.
20. Nous grandissons son triomphe.
21. Allusion à la coutume antique : les rois vaincus suivaient le char du général vainqueur. Chimène veut dire qu'elle figure parmi ceux qui ont été vaincus par Rodrigue.
22. Démonstrations passionnées.
23. Le souci justement d'être équitable.
24. On la considère comme si négligeable.
25. On croit me rendre service.
26. Gentilshommes.

J'épouse le vainqueur, si Rodrigue est puni.
Sous votre autorité souffrez qu'on le publie[27].

DON FERNAND

Cette vieille coutume en ces lieux établie,
Sous couleur de punir un injuste attentat,
Des meilleurs combattants affaiblit un État :
Souvent de cet abus le succès déplorable[28]
Opprime l'innocent, et soutient le coupable.
J'en dispense Rodrigue : il m'est trop précieux
Pour l'exposer aux coups d'un sort capricieux ;
Et quoi qu'ait pu commettre un cœur si magnanime,
Les Mores en fuyant ont emporté son crime.

DON DIÈGUE

Quoi ! Sire, pour lui seul vous renversez des lois
Qu'a vu toute la cour observer tant de fois !
Que croira votre peuple et que dira l'envie,
Si sous votre défense[29] il ménage sa vie,
Et s'en fait un prétexte à ne paraître pas[30]
Où tous les gens d'honneur cherchent un beau trépas ?
De pareilles faveurs terniraient trop sa gloire :
Qu'il goûte sans rougir les fruits de sa victoire.
Le Comte eut de l'audace ; il l'en a su punir :
Il l'a fait en brave homme[31], et le doit maintenir[32].

DON FERNAND

Puisque vous le voulez, j'accorde qu'il le fasse ;
Mais d'un guerrier vaincu mille prendraient la place,
Et le prix que Chimène au vainqueur a promis

27. Acceptez qu'on le proclame.
28. Dénouement défavorable.
29. Parce que vous le lui défendez.
30. Et prend votre défense comme prétexte pour ne pas se présenter.
31. Homme courageux.
32. Et doit soutenir sa réputation.

De tous mes cavaliers ferait ses ennemis.
L'opposer seul à tous serait trop d'injustice :
Il suffit qu'une fois il entre dans la lice[33].
Choisis qui tu voudras, Chimène, et choisis bien ;
Mais après ce combat ne demande plus rien.

DON DIÈGUE

N'excusez point par là ceux que son bras étonne[34] :
Laissez un champ ouvert où n'entrera personne.
Après ce que Rodrigue a fait voir aujourd'hui,
Quel courage assez vain[35] s'oserait prendre à lui ?
Qui se hasarderait contre un tel adversaire ?
Qui serait ce vaillant, ou bien ce téméraire ?

DON SANCHE

Faites ouvrir le champ : vous voyez l'assaillant ;
Je suis ce téméraire, ou plutôt ce vaillant.
Accordez cette grâce à l'ardeur qui me presse,
Madame : vous savez quelle est votre promesse.

DON FERNAND

Chimène, remets-tu ta querelle[36] en sa main ?

CHIMÈNE

Sire, je l'ai promis.

DON FERNAND

Soyez prêt à demain[37].

DON DIÈGUE

Non, Sire, il ne faut pas différer davantage :
On est toujours trop[38] prêt quand on a du courage.

33. L'arène du tournoi, du duel.
34. Fait trembler d'effroi, de peur.
35. Si orgueilleux.
36. Ta cause, ta défense.
37. Pour demain.
38. Parfaitement.

DON FERNAND

Sortir d'une bataille, et combattre à l'instant !

DON DIÈGUE

Rodrigue a pris haleine en vous la racontant.

DON FERNAND

Du moins une heure ou deux je veux qu'il se délasse.
Mais de peur qu'en exemple un tel combat ne passe,
Pour témoigner à tous qu'à regret je permets
Un sanglant procédé qui ne me plut jamais,
De moi ni de ma cour il n'aura la présence.
(Il parle à don Arias.)
Vous seul des combattants jugerez la vaillance :
Ayez soin que tous deux fassent[39] en gens de cœur,
Et, le combat fini, m'amenez le vainqueur.
Qui qu'il soit, même prix est acquis à sa peine :
Je le veux de ma main présenter à Chimène,
Et que pour récompense il reçoive sa foi[40].

CHIMÈNE

Quoi ! Sire, m'imposer une si dure loi !

DON FERNAND

Tu t'en plains ; mais ton feu, loin d'avouer[41] ta plainte,
Si Rodrigue est vainqueur, l'accepte sans contrainte.
Cesse de murmurer[42] contre un arrêt[43] si doux :
Qui que ce soit des deux, j'en ferai ton époux.

39. Agissent.
40. Son engagement (qu'il l'épouse).
41. Approuver.
42. Protester.
43. Une décision.

Questions

Repérer et analyser

L'action

1 Chimène, dans ce contexte politique, est-elle toujours aussi forte pour demander la tête de Rodrigue ? Justifiez votre réponse en vous aidant du texte.

2 **a.** Que fait croire don Fernand à Chimène ?
b. Quel but poursuit-il ?

3 Quelle solution Chimène propose-t-elle pour venger la mort de son père ?

4 Sur quels points don Diègue est-il en désaccord avec le roi dans ces deux scènes ?

5 Quel personnage relève le défi lancé par Chimène ?

La dimension politique

6 **a.** Quelle est la modification apportée par le roi à la proposition de Chimène ?
b. En quoi le roi affirme-t-il son autorité et tend-il à substituer la justice royale à la justice privée ?

Les hypothèses et les attentes du spectateur

7 À quelle suite le spectateur peut-il s'attendre à ce moment de l'action ?

Faire le point sur l'Acte IV

Le temps

1 Combien de temps s'est-il écoulé entre l'Acte III et l'Acte IV ?

L'action

2 **a.** Quelle a été l'issue de la bataille ?
b. En quoi la situation de Rodrigue a-t-elle changé ?
3 **a.** Quel nouveau duel se prépare-t-il ? Entre quels personnages ?
b. Quel personnage a demandé ce duel ? Quel en est l'enjeu ?

L'héroïsme cornélien

4 **a.** À quel moment Chimène laisse-t-elle transparaître ses sentiments pour Rodrigue ? Renonce-t-elle pour autant à son devoir de vengeance ?
b. Quels personnages tentent de convaincre Chimène de renoncer à son devoir ?

La dimension politique

5 **a.** Le roi approuve-t-il le duel qui se prépare ?
b. En quoi est-il partagé entre sa volonté d'imposer son autorité et son désir de ne pas contrarier les nobles du royaume ?

Acte V

Scène première

DON RODRIGUE, CHIMÈNE.

Chez Chimène.

CHIMÈNE

Quoi ! Rodrigue, en plein jour ! d'où te vient cette audace ?
Va, tu me perds d'honneur[1] ; retire-toi, de grâce.

DON RODRIGUE

Je vais mourir, Madame, et vous viens en ce lieu,
Avant le coup mortel, dire un dernier adieu :
Cet immuable amour qui sous vos lois m'engage
N'ose accepter ma mort sans vous en faire hommage[2].

CHIMÈNE

Tu vas mourir !

DON RODRIGUE

Je cours à ces heureux moments
Qui vont livrer ma vie à vos ressentiments[3].

CHIMÈNE

Tu vas mourir ! Don Sanche est-il si redoutable
Qu'il donne l'épouvante à ce cœur indomptable ?
Qui t'a rendu si faible, ou qui le rend si fort ?
Rodrigue va combattre, et se croit déjà mort !
Celui qui n'a pas craint les Mores, ni mon père,
Va combattre don Sanche, et déjà désespère !
Ainsi donc au besoin[4] ton courage s'abat !

1. Tu me déshonores.
2. Faire l'offrande (je meurs pour vous).
3. Désirs de vengeance.
4. Dans le besoin, face à la nécessité.

Don Rodrigue

Je cours à mon supplice[5], et non pas au combat ;
Et ma fidèle ardeur sait bien m'ôter l'envie,
Quand vous cherchez ma mort, de défendre ma vie.
    J'ai toujours même cœur ; mais je n'ai point de bras
Quand il faut conserver ce qui ne vous plaît pas ;
Et déjà cette nuit m'aurait été mortelle
Si j'eusse combattu pour ma seule querelle[6] ;
Mais défendant mon roi, son peuple et mon pays,
À me défendre mal[7] je les aurais trahis.
Mon esprit généreux ne hait pas tant la vie
Qu'il en veuille sortir par une perfidie[8].
Maintenant qu'il s'agit de mon seul intérêt,
Vous demandez ma mort, j'en accepte l'arrêt.
Votre ressentiment choisit la main d'un autre
(Je ne méritais pas de mourir de la vôtre).
On ne me verra point en[9] repousser les coups ;
Je dois plus de respect à qui combat pour vous ;
Et ravi de penser que c'est de vous qu'ils viennent,
Puisque c'est votre honneur que ses armes soutiennent,
Je vais lui présenter mon estomac ouvert[10],
Adorant de sa main la vôtre qui me perd.

Chimène

Si d'un triste devoir la juste violence,
Qui me fait malgré moi poursuivre ta vaillance,
Prescrit à ton amour une si forte loi
Qu'il te rend sans défense à qui combat pour moi,
En cet aveuglement ne perds pas la mémoire[11]
Qu'ainsi que de ta vie il y va de ta gloire,

5. Châtiment.
6. Cause.
7. En me défendant mal.
8. Au point de vouloir mourir en faisant défaut à mon pays.
9. De cet homme.
10. Ma poitrine à découvert.
11. N'oublie pas.

Et que dans quelque éclat que Rodrigue ait vécu,
Quand on le saura mort, on le croira vaincu.
Ton honneur t'est plus cher que je ne te suis chère,
Puisqu'il trempe tes mains dans le sang de mon père,
Et te fait renoncer, malgré ta passion,
À l'espoir le plus doux de ma possession[12] :
Je t'en vois cependant faire si peu de conte,
Que sans rendre combat[13] tu veux qu'on te surmonte.
Quelle inégalité ravale ta vertu[14] ?
Pourquoi ne l'as-tu plus, ou pourquoi l'avais-tu ?
Quoi ? n'es-tu généreux que pour me faire outrage ?
S'il ne faut m'offenser, n'as-tu point de courage ?
Et traites-tu mon père avec tant de rigueur,
Qu'après l'avoir vaincu, tu souffres un vainqueur ?
Va, sans vouloir mourir, laisse-moi te poursuivre,
Et défends ton honneur, si tu ne veux plus vivre.

DON RODRIGUE

Après la mort du Comte, et les Mores défaits[15],
Faudrait-il à ma gloire encor d'autres effets[16] ?
Elle peut dédaigner le soin de me défendre :
On sait que mon courage ose tout entreprendre,
Que ma valeur peut tout et que dessous les cieux,
Auprès de mon honneur[17], rien ne m'est précieux.
Non, non, en ce combat, quoi que vous veuilliez croire,
Rodrigue peut mourir sans hasarder[18] sa gloire,
Sans qu'on l'ose accuser d'avoir manqué de cœur,
Sans passer pour vaincu, sans souffrir un vainqueur.
On dira seulement : « Il adorait Chimène ;
Il n'a pas voulu vivre et mériter sa haine ;

12. L'espoir de me posséder, qui était pour toi le plus doux.
13. Sans te défendre.
14. Quel caprice affaiblit ton courage ?
15. La défaite des Mores.
16. Actions.
17. En comparaison de mon honneur.
18. Mettre en péril.

Il a cédé lui-même à la rigueur du sort
Qui forçait sa maîtresse à poursuivre sa mort :
Elle voulait sa tête ; et son cœur magnanime,
S'il l'en eût refusée[19], eût pensé faire un crime.
Pour venger son honneur il perdit son amour,
Pour venger sa maîtresse[20] il a quitté le jour,
Préférant, quelque espoir qu'eût son âme asservie[21],
Son honneur à Chimène, et Chimène à sa vie. »
Ainsi donc vous verrez ma mort en ce combat,
Loin d'obscurcir ma gloire, en rehausser l'éclat ;
Et cet honneur suivra mon trépas volontaire,
Que[22] tout autre que moi n'eût pu vous satisfaire.

CHIMÈNE

Puisque, pour t'empêcher de courir au trépas,
Ta vie et ton honneur sont de faibles appas,
Si jamais je t'aimai, cher Rodrigue, en revanche[23],
Défends-toi maintenant pour m'ôter à don Sanche ;
Combats pour m'affranchir d'une condition
Qui me donne à l'objet de mon aversion[24].
Te dirai-je encor plus ? va, songe à ta défense,
Pour forcer mon devoir, pour m'imposer silence ;
Et si tu sens pour moi ton cœur encore épris,
Sors vainqueur d'un combat dont Chimène est le prix.
Adieu : ce mot lâché[25] me fait rougir de honte.

DON RODRIGUE, *seul.*

Est-il quelque ennemi qu'à présent je ne dompte ?
Paraissez, Navarrais, Mores et Castillans,
Et tout ce que l'Espagne a nourri de vaillants ;

19. S'il avait refusé sa tête à sa maîtresse.
20. Permettre à sa maîtresse de se venger.
21. Esclave de son amour.
22. À savoir que.
23. En retour.
24. De mon dégoût (désigne don Sanche).
25. Qui m'a échappé.

Unissez-vous ensemble, et faites une armée,
Pour combattre une main de la sorte animée :
Joignez tous vos efforts contre un espoir si doux ;
Pour en venir à bout, c'est trop peu que de vous.

Repérer et analyser

L'enchaînement des scènes

1 **a.** À quelle autre scène de la pièce cette scène fait-elle écho ?
b. Combien de temps s'est-il écoulé entre ces deux scènes ? Justifiez votre réponse.

2 En quoi l'unité de temps est-elle difficilement respectée dans cette pièce ?

La progression du dialogue

3 **a.** Qu'annonce Rodrigue à Chimène ?
b. En quoi se conforme-t-il au code de l'amour courtois qui impose le respect et l'acceptation des épreuves demandées par la dame ? Justifiez votre réponse.

4 Relevez les expressions par lesquelles Chimène trahit ses sentiments.

5 **a.** Lisez les vers 1480 à 1500.
Quels arguments Rodrigue utilise-t-il face à Chimène pour justifier sa position ?
b. Lisez les vers 1501 à 1522.
Quels arguments Chimène utilise-t-elle pour convaincre Rodrigue de revenir sur sa décision ?
c. Lisez les vers 1523 à 1546.
Quels nouveaux arguments Rodrigue oppose-t-il à Chimène ? En quoi l'amène-t-il à céder ?
d. Quel aveu Chimène lui fait-elle ?

6 Quels sont les sentiments de Rodrigue à la fin de la scène ? Justifiez votre réponse.

Les hypothèses et les attentes du spectateur

7 À quelle suite le spectateur peut-il s'attendre à ce moment de l'action ?

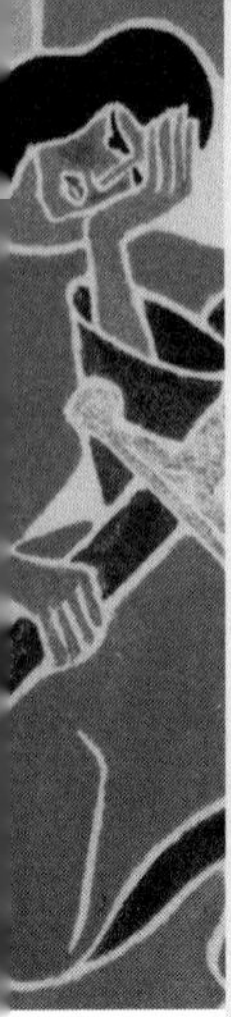

S'exprimer à l'oral

Dire et créer des alexandrins

8 Recopiez les vers 1558 à 1564.

a. Préparez-vous à dire correctement ces vers en barrant les *-e* muets non prononcés et en soulignant les *-e* muets qui, par leur position devant une consonne, sont prononcés. Vérifiez pour chaque vers le nombre de syllabes, puis lisez-les à haute voix.

b. Composez ensuite une courte strophe (4 à 6 vers) en alexandrins. Pour vous aider, imitez la structure de cette réplique : un vers interrogatif, puis quelques vers commençant par des impératifs. Vous choisirez bien sûr un autre sujet. Faute de rimes, vous pouvez vous contenter d'assonances (m**ou**sse/l**ou**pe).

Vous pouvez, entre vous, vous imposer des rimes (cela s'appelle composer des bouts-rimés). Exemple : allure – partir – chérir – murmure.

Acte V

Scène 2

L'INFANTE.

Chez l'Infante.

T'écouterai-je encor, respect de ma naissance[1],
Qui fais un crime de mes feux ?
T'écouterai-je, amour, dont la douce puissance
Contre ce fier tyran[2] fait révolter mes vœux[3] ?
Pauvre princesse, auquel des deux
Dois-tu prêter obéissance ?
Rodrigue, ta valeur te rend digne de moi ;
Mais pour être[4] vaillant, tu n'es pas fils de roi.

Impitoyable sort, dont la rigueur sépare
Ma gloire d'avec mes désirs !
Est-il dit que le choix d'une vertu si rare
Coûte à la passion de si grands déplaisirs ?
Ô cieux ! à combien de soupirs
Faut-il que mon cœur se prépare,
Si jamais il n'obtient sur[5] un si long tourment
Ni d'éteindre l'amour, ni d'accepter l'amant !

Mais c'est trop de scrupule, et ma raison s'étonne,
Du mépris d'un si digne choix[6] :
Bien qu'aux monarques seuls ma naissance me donne,
Rodrigue, avec honneur je vivrai sous tes lois.
Après avoir vaincu deux rois,
Pourrais-tu manquer de couronne ?

1. Haute naissance, origine royale.
2. Le « respect de sa naissance », l'honneur.
3. Résister ma volonté.
4. Bien que tu sois.
5. En l'emportant sur.
6. De dédaigner un choix si prestigieux.

Et ce grand nom de Cid que tu viens de gagner
Ne fait-il pas trop voir sur qui tu dois régner ?
Il est digne de moi, mais il est à Chimène ;
    Le don que j'en ai fait me nuit.
Entre eux la mort d'un père a si peu mis de haine,
Que le devoir du sang[7] à regret le poursuit :
    Ainsi n'espérons aucun fruit
    De son crime, ni de ma peine,
Puisque pour me punir le destin a permis
Que l'amour dure même entre deux ennemis.

Acte V

Scène 3

L'INFANTE, LÉONOR.

L'INFANTE

Où viens-tu, Léonor ?

LÉONOR

Vous applaudir, Madame,
Sur le repos qu'enfin a retrouvé votre âme.

L'INFANTE

D'où viendrait ce repos dans un comble d'ennui ?

LÉONOR

Si l'amour vit d'espoir, et s'il meurt avec lui,
Rodrigue ne peut plus charmer votre courage[8].
Vous savez le combat où Chimène l'engage :

7. Le devoir qu'a Chimène de venger son père. | 8. Être maître de votre cœur.

Puisqu'il faut qu'il y meure, ou qu'il soit son mari,
Votre espérance est morte, et votre esprit guéri.

L'INFANTE

Ah ! qu'il s'en faut encor[9] !

LÉONOR

Que pouvez-vous prétendre[10] ?

L'INFANTE

Mais plutôt quel espoir me pourrais-tu défendre ?
Si Rodrigue combat sous ces conditions,
Pour en rompre l'effet, j'ai trop d'inventions.
L'amour, ce doux auteur de mes cruels supplices,
Aux esprits des amants apprend trop d'artifices[11].

LÉONOR

Pourrez-vous quelque chose, après qu'un père mort
N'a pu dans leurs esprits allumer de discord[12] ?
Car Chimène aisément montre par sa conduite
Que la haine aujourd'hui ne fait pas[13] sa poursuite.
Elle obtient un combat, et pour son combattant
C'est le premier offert[14] qu'elle accepte à l'instant[15] :
Elle n'a point recours à ces mains généreuses
Que tant d'exploits fameux rendent si glorieuses ;
Don Sanche lui suffit, et mérite son choix,
Parce qu'il va s'armer pour la première fois.
Elle aime en ce duel son peu d'expérience ;
Comme il est sans renom, elle est sans défiance[16] ;
Et sa facilité[17] vous doit bien faire voir

9. J'en suis encore bien loin !
10. Espérer.
11. Beaucoup de ruses.
12. Faire naître la discorde, la haine.
13. Ne détermine pas.
14. Le premier qui se présente.
15. Sans hésiter, immédiatement.
16. Crainte.
17. La rapidité de son choix.

Qu'elle cherche un combat qui force son devoir,
Qui livre à son Rodrigue une victoire aisée,
Et l'autorise enfin à paraître apaisée.

L'INFANTE

Je le remarque assez, et toutefois mon cœur
À l'envi de[18] Chimène adore ce vainqueur.
À quoi me résoudrai-je, amante infortunée ?

LÉONOR

À vous mieux souvenir de qui vous êtes née :
Le ciel vous doit un roi, vous aimez un sujet !

L'INFANTE

Mon inclination a bien changé d'objet.
Je n'aime plus Rodrigue, un simple gentilhomme ;
Non, ce n'est plus ainsi que mon amour le nomme :
Si j'aime, c'est l'auteur de tant de beaux exploits,
C'est le valeureux Cid, le maître de deux rois.
Je me vaincrai pourtant, non de peur d'aucun blâme[19],
Mais pour ne troubler pas une si belle flamme ;
Et quand pour m'obliger on l'aurait couronné[20],
Je ne veux point reprendre un bien que j'ai donné.
Puisqu'en un tel combat sa victoire est certaine,
Allons encore un coup[21] le donner à Chimène.
Et toi, qui vois les traits dont mon cœur est percé,
Viens me voir achever comme j'ai commencé.

18. À l'exemple de.
19. De quelque blâme.
20. Même si, pour m'être agréable, on l'avait couronné roi.
21. Encore une fois.

Acte V

Scène 4

Chimène, Elvire.

Chez Chimène.

Chimène

Elvire, que je souffre, et que je suis à plaindre !
Je ne sais qu'espérer, et je vois tout à craindre ;
Aucun vœu ne m'échappe où[22] j'ose consentir ;
Je ne souhaite rien sans un prompt repentir.
À deux rivaux pour moi je fais prendre les armes :
Le plus heureux succès me coûtera des larmes ;
Et quoi qu'en ma faveur en ordonne le sort,
Mon père est sans vengeance, ou mon amant est mort.

Elvire

D'un et d'autre côté je vous vois soulagée :
Ou vous avez Rodrigue, ou vous êtes vengée ;
Et quoi que le destin puisse ordonner de vous,
Il soutient votre gloire, et vous donne un époux.

Chimène

Quoi ! l'objet de ma haine ou de tant de colère !
L'assassin de Rodrigue ou celui de mon père !
De tous les deux côtés on me donne un mari
Encor tout teint du sang que j'ai le plus chéri ;
De tous les deux côtés mon âme se rebelle :
Je crains plus que la mort la fin de ma querelle.
Allez, vengeance, amour, qui troublez mes esprits[23],
Vous n'avez point pour moi de douceurs à ce prix ;

22. Auquel.

23. Ma raison.

Et toi, puissant moteur[24] du destin qui m'outrage,
Termine ce combat sans aucun avantage,
Sans faire aucun des deux ni vaincu ni vainqueur.

ELVIRE

Ce serait vous traiter avec trop de rigueur.
Ce combat pour votre âme est un nouveau supplice,
S'il vous laisse obligée à demander justice,
À témoigner toujours ce haut ressentiment[25],
Et poursuivre toujours la mort de votre amant.
Madame, il vaut bien mieux que sa rare vaillance,
Lui couronnant le front, vous impose silence ;
Que la loi du combat étouffe vos soupirs,
Et que le Roi vous force à suivre vos désirs.

CHIMÈNE

Quand il sera vainqueur, crois-tu que je me rende ?
Mon devoir est trop fort, et ma perte[26] trop grande,
Et ce n'est pas assez, pour leur faire la loi,
Que celle du combat et le vouloir[27] du Roi.
Il peut vaincre don Sanche avec fort peu de peine,
Mais non pas avec lui la gloire de Chimène ;
Et quoi qu'à sa victoire un monarque ait promis,
Mon honneur lui fera mille autres ennemis.

ELVIRE

Gardez[28], pour vous punir de cet orgueil étrange,
Que le ciel à la fin ne souffre qu'on vous venge.
Quoi ! vous voulez encor refuser le bonheur
De pouvoir maintenant vous taire avec honneur ?
Que prétend ce devoir, et qu'est-ce qu'il espère ?

24. Périphrase pour désigner Dieu.
25. Ce profond désir de vengeance.
26. La perte de mon père.
27. La volonté.
28. Prenez garde que.

La mort de votre amant vous rendra-t-elle un père ?
Est-ce trop peu pour vous que d'un coup de malheur ?
Faut-il perte sur perte, et douleur sur douleur ?
Allez, dans le caprice[29] où votre humeur s'obstine,
Vous ne méritez pas l'amant qu'on vous destine ;
Et nous verrons du ciel l'équitable courroux[30]
Vous laisser, par sa mort, don Sanche pour époux.

CHIMÈNE

Elvire, c'est assez des peines que j'endure,
Ne les redouble point de ce funeste augure[31].
Je veux, si je le puis, les éviter tous deux ;
Sinon en ce combat Rodrigue a tous mes vœux ;
Non qu'une folle ardeur de son côté me penche ;
Mais s'il était vaincu, je serais à don Sanche :
Cette appréhension fait naître mon souhait.
Que vois-je, malheureuse ? Elvire, c'en est fait.

| **29.** La déraison. | **30.** La juste colère. | **31.** Prédiction malheureuse.

Questions

Repérer et analyser

Les personnages

L'Infante (scènes 2 et 3)

1 En quoi la scène 2 est-elle composée de stances (voir la leçon, p. 49) ?

2 Pour quelle raison la victoire de Rodrigue sur les Mores redonne-t-elle espoir à l'Infante ?

3 Pour quelle raison se résigne-t-elle à étouffer sa passion ? Citez le texte.

4 À quoi sa gouvernante Léonor l'encourage-t-elle ?

Chimène (scène 4)

5 Dans quel état d'esprit Chimène est-elle face au duel judiciaire qui oppose Rodrigue et don Sanche ? Pour répondre, citez les vers qui montrent que, quelle que soit l'issue de ce duel, elle sera funeste pour elle.

6 **a.** Quel conseil Elvire lui donne-t-elle ?
b. Pour qui Chimène formule-t-elle finalement des vœux à la fin de la scène ?

Les hypothèses et les attentes du spectateur

7 **a.** Le spectateur partage-t-il les sentiments de Chimène ? Quel souhait peut-il faire ?
b. À quelle suite le spectateur peut-il s'attendre ?

Débattre

Le mariage

8 Pensez-vous qu'il faille se marier dans son milieu social ? Vous défendrez votre point de vue à l'aide d'arguments lors d'un débat organisé en classe.

Étudier une image

9 **a.** Parmi les personnages représentés sur la photographie ci-dessous, lesquels sont mentionnés dans le texte de Corneille ?
b. Que représentent les autres, selon vous ?
c. Observez leurs costumes et leurs mouvements : qu'a voulu suggérer le metteur en scène ?

10 Cette mise en scène vous surprend-elle ? Justifiez votre réponse.

Photographie prise lors d'une représentation du Cid, dans une mise en scène de Terry Hands, avec Denise Gence et Fanny Delbrice à la Comédie-Française en 1977.

Acte V

Scène 5

DON SANCHE, CHIMÈNE, ELVIRE.

DON SANCHE

Obligé d'apporter à vos pieds cette épée…

CHIMÈNE

Quoi ! du sang de Rodrigue encor toute trempée ?
Perfide, oses-tu bien te montrer à mes yeux,
Après m'avoir ôté ce que j'aimais le mieux ?
Éclate[1], mon amour, tu n'as plus rien à craindre :
Mon père est satisfait, cesse de te contraindre.
Un même coup a mis ma gloire en sûreté,
Mon âme au désespoir, ma flamme en liberté.

DON SANCHE

D'un esprit plus rassis[2]…

CHIMÈNE

Tu me parles encore,
Exécrable assassin d'un héros que j'adore ?
Va, tu l'as pris en traître ; un guerrier si vaillant
N'eût jamais succombé sous un tel assaillant.
N'espère rien de moi, tu ne m'as point servie :
En croyant me venger, tu m'as ôté la vie.

DON SANCHE

Étrange impression[3], qui, loin de m'écouter…

1. Révèle-toi au grand jour.
2. Calme.
3. Réaction.

CHIMÈNE

Veux-tu que de sa mort je t'écoute vanter[4],
Que j'entende à loisir avec quelle insolence
Tu peindras son malheur, mon crime et ta vaillance ?

Acte V

Scène 6

DON FERNAND, DON DIÈGUE, DON ARIAS,
DON SANCHE, DON ALONSE, CHIMÈNE, ELVIRE.

Chez le Roi.

CHIMÈNE

Sire, il n'est plus besoin de vous dissimuler
Ce que tous mes efforts ne vous ont pu celer[5].
J'aimais, vous l'avez su ; mais pour venger mon père,
J'ai bien voulu proscrire[6] une tête si chère :
Votre Majesté, Sire, elle-même a pu voir
Comme[7] j'ai fait céder mon amour au devoir.
Enfin Rodrigue est mort, et sa mort m'a changée
D'implacable[8] ennemie en amante affligée.
J'ai dû cette vengeance à qui m'a mise au jour,
Et je dois maintenant ces pleurs à mon amour.
Don Sanche m'a perdue en prenant ma défense,
Et du bras qui me perd je suis la récompense !
Sire, si la pitié peut émouvoir un roi,
De grâce, révoquez une si dure loi ;
Pour prix d'une victoire où je perds ce que j'aime,

4. Te vanter.
5. Cacher.
6. Mettre à prix la vie de quelqu'un.
7. Comment.
8. Impitoyable.

Je lui laisse mon bien ; qu'il me laisse à moi-même ;
Qu'en un cloître sacré je pleure incessamment[9],
Jusqu'au dernier soupir, mon père et mon amant.

DON DIÈGUE

Enfin elle aime, Sire, et ne croit plus un crime
D'avouer par sa bouche un amour légitime.

DON FERNAND

Chimène, sors d'erreur, ton amant n'est pas mort,
Et don Sanche vaincu t'a fait un faux rapport.

DON SANCHE

Sire, un peu trop d'ardeur malgré moi[10] l'a déçue[11].
Je venais du combat lui raconter l'issue.
Ce généreux guerrier, dont son cœur est charmé :
« Ne crains rien, m'a-t-il dit, quand il m'a désarmé ;
Je laisserais plutôt la victoire incertaine,
Que de répandre un sang hasardé[12] pour Chimène ;
Mais puisque mon devoir m'appelle auprès du Roi,
Va de notre combat l'[13]entretenir pour moi,
De la part du vainqueur lui porter ton épée. »
Sire, j'y suis venu : cet objet l'a trompée ;
Elle m'a cru vainqueur, me voyant de retour,
Et soudain sa colère a trahi son amour
Avec tant de transport et tant d'impatience,
Que je n'ai pu gagner un moment d'audience[14].
  Pour moi, bien que vaincu, je me répute[15] heureux ;
Et malgré l'intérêt de mon cœur amoureux,
Perdant infiniment, j'aime encor ma défaite,
Qui fait le beau succès d'une amour[16] si parfaite.

9. Sans cesse.
10. Sans que je le veuille.
11. Trompée.
12. Exposé.
13. Désigne Chimène.
14. Attention.
15. Je me considère.
16. À l'époque, on hésite encore sur le genre du mot.

DON FERNAND

Ma fille, il ne faut point rougir d'un si beau feu,
Ni chercher les moyens d'en faire un désaveu[17].
Une louable honte en vain t'en sollicite :
Ta gloire est dégagée[18], et ton devoir est quitte[19] ;
Ton père est satisfait, et c'était le venger
Que mettre tant de fois ton Rodrigue en danger.
Tu vois comme le ciel autrement en dispose.
Ayant tant fait pour lui[20], fais pour toi quelque chose,
Et ne sois point rebelle à mon commandement,
Qui te donne un époux aimé si chèrement.

Chevalier de l'Antique Confrérie de saint Jacques de Burgos. Peinture de Cardesera, lithographiée par E. Beau. Paris, BNF.

17. De le nier.
18. N'est plus en jeu.
19. Ton devoir accompli.
20. Pour ton père.

Acte V

Scène 7

DON FERNAND, DON DIÈGUE, DON ARIAS, DON RODRIGUE, DON ALONSE, DON SANCHE, L'INFANTE, CHIMÈNE, LÉONOR, ELVIRE.

L'INFANTE

Sèche tes pleurs, Chimène, et reçois sans tristesse
Ce généreux vainqueur des mains de ta princesse.

DON RODRIGUE

Ne vous offensez point, Sire, si devant vous
Un respect amoureux me jette à ses genoux.
Je ne viens point ici demander ma conquête :
Je viens tout de nouveau[21] vous apporter ma tête,
Madame ; mon amour n'emploiera point pour moi
Ni la loi du combat, ni le vouloir du Roi.
Si tout ce qui s'est fait est trop peu pour un père,
Dites par quels moyens il vous faut satisfaire.
Faut-il combattre encor mille et mille rivaux,
Aux deux bouts de la terre étendre mes travaux[22],
Forcer moi seul un camp, mettre en fuite une armée,
Des héros fabuleux[23] passer[24] la renommée ?
Si mon crime par là se peut enfin laver,
J'ose tout entreprendre, et puis tout achever ;
Mais si ce fier honneur, toujours inexorable,
Ne se peut apaiser sans la mort du coupable,
N'armez plus contre moi le pouvoir des humains :
Ma tête est à vos pieds, vengez-vous par vos mains ;
Vos mains seules ont droit de vaincre un invincible ;

21. À nouveau.
22. Actions héroïques.
23. Héros de la mythologie.
24. Surpasser.

Prenez une vengeance à tout autre impossible.
Mais du moins que ma mort suffise à me punir :
Ne me bannissez point de votre souvenir ;
Et puisque mon trépas conserve votre gloire,
Pour vous en revancher[25] conservez ma mémoire,
Et dites quelquefois, en déplorant mon sort :
« S'il ne m'avait aimée, il ne serait pas mort. »

CHIMÈNE

Relève-toi, Rodrigue. Il faut l'avouer, Sire,
Je vous en ai trop dit pour m'en pouvoir dédire.
Rodrigue a des vertus que je ne puis haïr ;
Et quand un roi commande, on lui doit obéir.
Mais à quoi que déjà vous m'ayez condamnée[26],
Pourrez-vous à vos yeux souffrir cet hyménée ?
Et quand de mon devoir vous voulez cet effort,
Toute votre justice en est-elle d'accord ?
Si Rodrigue à l'État devient si nécessaire,
De ce qu'il fait pour vous dois-je être le salaire,
Et me livrer moi-même au reproche éternel
D'avoir trempé mes mains dans le sang paternel ?

DON FERNAND

Le temps assez souvent a rendu légitime
Ce qui semblait d'abord ne se pouvoir sans crime :
Rodrigue t'a gagnée, et tu dois être à lui.
Mais quoique sa valeur t'ait conquise aujourd'hui,
Il faudrait que je fusse ennemi de ta gloire,
Pour lui donner sitôt le prix de sa victoire.
Cet hymen différé ne rompt point une loi
Qui sans marquer de temps lui destine ta foi[27].

25. Pour me rendre la pareille.
26. Quoi que vous ayez déjà décidé à mon sujet.
27. Te donne à lui en mariage.

Prends un an, si tu veux, pour essuyer tes larmes.
Rodrigue, cependant[28], il faut prendre les armes.
Après avoir vaincu les Mores sur nos bords,
Renversé leurs desseins, repoussé leurs efforts,
Va jusqu'en leur pays leur reporter la guerre,
Commander mon armée, et ravager leur terre :
À ce nom seul de Cid ils trembleront d'effroi ;
Ils t'ont nommé seigneur, et te voudront pour roi.
Mais parmi tes hauts faits sois-lui toujours fidèle :
Reviens-en, s'il se peut, encor plus digne d'elle ;
Et par tes grands exploits fais-toi si bien priser[29]
Qu'il lui soit glorieux alors de t'épouser.

DON RODRIGUE

Pour posséder Chimène, et pour votre service,
Que peut-on m'ordonner que mon bras n'accomplisse ?
Quoi qu'absent de ses yeux il me faille endurer,
Sire, ce m'est trop d'heur[30] de pouvoir espérer.

DON FERNAND

Espère en ton courage, espère en ma promesse ;
Et possédant déjà le cœur de ta maîtresse,
Pour vaincre un point d'honneur qui combat contre toi,
Laisse faire le temps, ta vaillance et ton roi.

28. Pendant ce temps. 29. Estimer, apprécier. 30. Bonheur.

Repérer et analyser

L'action

Le quiproquo

Il y a *quiproquo* lorsqu'un malentendu fait prendre quelqu'un pour quelqu'un d'autre ou une chose pour une autre.

1 **a.** Sur quel quiproquo la scène 5 repose-t-elle ?
b. Qu'est-ce qui permet ce quiproquo ?
c. À quel vers le quiproquo est-il levé ?

Le dénouement

Contrairement à la tragédie, la tragi-comédie a un *dénouement* heureux.

2 Quel est le dénouement de la pièce ? Montrez qu'il est une ouverture sur l'avenir.

3 Quelle concession le roi fait-il à Chimène ? En quoi les convenances sont-elles respectées ?

4 Les personnages sont-ils restés fidèles à leur honneur ? Justifiez votre réponse.

La dimension politique

5 Montrez que le pouvoir du roi s'affirme à la fin de la pièce. Pour répondre :
– citez dans la dernière tirade du roi les vers qui montrent que c'est lui désormais qui organise la défense nationale en envoyant Rodrigue combattre les Mores ; comparez avec les vers 1085-1086 ;
– dites en quoi l'honneur relève désormais de la compétence du roi et n'est plus une affaire de famille ;
– dites quel personnage a la parole à la fin de la pièce et quel est son dernier mot.

Faire le point sur l'Acte V

L'action

1 Quelle est l'issue du duel entre Rodrigue et don Sanche ?

2 **a.** Quelle position définitive l'Infante adopte-t-elle envers Rodrigue ?
b. Quelle est celle de don Sanche ?

3 Qu'en est-il de Chimène et de Rodrigue ? Citez les vers qui montrent que la pièce se termine par une ouverture sur l'avenir.

4 En quoi le dénouement est-il celui d'une tragi-comédie ?

La dimension politique

5 **a.** Quel rôle le roi joue-t-il dans ce dénouement ?
b. Montrez que son pouvoir s'est affirmé.

L'héroïsme cornélien

6 Pour quelle raison peut-on dire que le dénouement consacre le triomphe de l'honneur et de l'amour ?

Le bilan de lecture

Questionnaire bilan

Les sources, le lieu, le temps et l'action

1 De quel auteur et de quelle œuvre Corneille s'est-il inspiré ?
2 De quelle langue le mot « Cid » est-il issu ? Que signifie-t-il ?
3 Dans quelle ville et à quel siècle l'action se déroule-t-elle ?
4 Quelle est la situation au tout début de la pièce ? Quel événement déclenche l'action ? Dans quelle scène ?
5 Quelles sont les différentes péripéties ? Quel est le dénouement ?
6 Qu'appelle-t-on la règle des trois unités ? La pièce se plie-t-elle à cette règle ? Justifiez votre réponse.

Le genre, les personnages et leurs relations

7 Quelles sont les caractéristiques de la tragi-comédie ? En quoi *Le Cid* est-il une tragi-comédie ?
8 Qui sont les principaux personnages ? Quelle est leur condition sociale ?
9 Les pères : quelle fonction politique ont-ils ? Quelle est la cause de leur conflit ?
10 Quelles sont les relations entre Rodrigue, Chimène, l'Infante, don Sanche ?

Le héros cornélien

11 **a.** À quel dilemme Rodrigue est-il confronté ?
b. Dans quelle situation Chimène se trouve-t-elle ?
12 Quelles sont les caractéristiques de l'héroïsme cornélien ? Pour répondre, dites en quoi Rodrigue et Chimène se dépassent, en tant que fils ou fille et en tant qu'amants. L'héroïsme est-il accompagné de souffrance ?

L'amour et l'honneur

13 **a.** En quoi l'honneur est-il considéré au début de la pièce comme une valeur familiale ?
b. Pourquoi l'amour est-il une valeur inséparable de l'honneur ?

La dimension politique

14 Quel était en France le pouvoir des nobles face au roi avant le règne de Louis XIV ? Quelle place était accordée aux duels ?

15 Montrez qu'au début de la pièce les nobles font eux-mêmes leur propre justice.

16 Montrez qu'au cours de la pièce le roi affermit son pouvoir. Pour répondre, appuyez-vous notamment sur la dernière scène et sur le dernier vers de la pièce et dites en quoi Rodrigue se comporte en sujet du roi.

La langue de Corneille, le vers cornélien

17 Que signifient au XVIIe siècle les mots « amant », « amoureux », « hymen » ou « hyménée » ?

18 Quel est le mètre utilisé dans la pièce ? Citez quelques vers célèbres en forme de sentences.

La mise en scène

19 Citez des acteurs connus qui ont interprété le Cid au XXe siècle.

Atelier jeu

Complétez les vers

20 – À vaincre sans p.............. on tr.............. sans gloire
– Laisse faire le t.............., ta v.............. et ton r..............
– ...., je ne te .... point.

Anagrammes

21 Retrouvez deux valeurs cornéliennes et deux personnages de la pièce qui se cachent derrière les anagrammes suivants :
E N N U H O R / V E D I R O / G R I O U R D E / H E C I N EM

Groupement de textes

Le héros

Statue équestre du Cid par J. Cristobal à Burgos.

Tite-Live

Mucius Scévola

Au Ier siècle avant Jésus-Christ, Tite-Live entreprend de retracer les grandes heures du peuple romain et de la République. Mêlant faits historiques et légendes, son Histoire romaine *met en scène ces Romains héroïques qui firent la grandeur de Rome.*

L'épisode qui suit se situe en 508 avant J.-C. Rome vient de chasser les rois étrusques[1] qui la gouvernaient : la République vit ses premières heures. Mais le roi étrusque Porsenna veut rétablir la royauté et fait le siège de la ville.

Le blocus continuait toujours, la disette[2] avait porté les vivres à un prix très élevé, et, de son camp, Porsenna se flattait[3] de forcer Rome à lui ouvrir ses portes. C. Mucius[4], jeune patricien[5], indigné que le peuple romain, qui, pendant son esclavage sous les rois, n'avait jamais vu d'ennemis l'assiéger dans ses murs, fût, maintenant qu'il était libre, assiégé par ces mêmes Étrusques, dont il avait tant de fois mis les armées en déroute, crut qu'il fallait venger cet affront par quelque action d'audace et d'éclat. Son premier mouvement fut de pénétrer dans le camp ennemi ; mais craignant, s'il partait sans l'autorisation des consuls[6], sans avoir confié son dessein[7] à personne, d'être arrêté par les sentinelles romaines, et ramené comme transfuge[8], soupçon auquel la fortune[9] actuelle de Rome pouvait donner de la vraisemblance, il se

1. L'Étrurie correspond à peu près à la Toscane actuelle. La civilisation étrusque gênait l'expansion romaine.
2. Manque de vivres, famine.
3. Était certain.
4. Caius Mucius.
5. Noble.
6. La République vient d'être instaurée à Rome et les pouvoirs du roi ont été partagés entre deux consuls élus chaque année.
7. Projet.
8. Déserteur qui passe à l'ennemi, traître.
9. Malchance, mauvais sort.

rendit au sénat[10] : « Sénateurs, dit-il, j'ai l'intention de passer le Tibre[11] et d'entrer dans le camp ennemi : ce n'est ni le désir du butin, ni l'ardeur de venger le ravage de nos campagnes qui m'y conduisent. J'ai, si les dieux me secondent[12], un but plus noble. »

Muni de l'approbation du sénat, il cache une épée sous ses vêtements et part. Arrivé au camp, il se mêle à la foule nombreuse qui se pressait autour du tribunal de Porsenna. C'était le moment où les soldats venaient recevoir leur paye ; et le secrétaire du prince[13], assis à côté de lui, revêtu d'un costume à peu près semblable, paraissait fort occupé. C'était à lui que s'adressaient le plus souvent les soldats. Mucius, craignant de se trahir par son ignorance, s'il demandait lequel était Porsenna, s'abandonne à la fortune[14] et frappe le secrétaire au lieu du prince. Avec son arme sanglante, il s'ouvrait un passage à travers la foule épouvantée, et allait s'échapper, quand les gardes, accourus au bruit, l'arrêtent, le saisissent, et le traînent devant le tribunal du roi.

Là, seul en face d'une destinée si menaçante, loin d'éprouver la moindre terreur, il en inspire encore : « Je suis citoyen romain, dit-il ; mon nom est C. Mucius : ennemi, j'ai voulu tuer un ennemi. Je sais recevoir comme donner la mort : le courage et la constance[15] sont les vertus des Romains. Je ne suis pas le seul qu'animent contre toi ces sentiments. Derrière moi, une jeunesse nombreuse aspire au même honneur. Apprête-toi donc, si cette vie a pour toi des charmes, à combattre chaque jour pour ta tête : tu trouveras le fer[16] et l'ennemi jusque dans ta tente : c'est la guerre que te déclare la jeunesse romaine. Ne redoute point d'action générale, point de bataille : l'affaire est de toi à chacun de nous. »

10. Assemblée des notables.
11. Fleuve qui arrose Rome.
12. M'aident.
13. Chef, roi.
14. Tente sa chance.
15. Fermeté, détermination.
16. Une épée.

Le roi, transporté de colère, effrayé du péril, veut, dans sa fureur, qu'on entoure de feux ce téméraire, s'il ne se hâte d'expliquer le piège de ses menaces ambiguës[17]. « Vois, reprend Mucius, combien le corps est peu de chose à l'homme qu'enflamme l'aspect de la gloire. » À ces mots il pose sa main sur le brasier allumé pour le sacrifice[18], et la laisse brûler comme s'il eût été insensible à la douleur. Épouvanté de ce prodige de constance, Porsenna s'élance de son siège, et ordonne d'éloigner de l'autel ce jeune héros. « Retire-toi, lui dit-il, toi, qui te traites plus en ennemi que je n'aurais fait moi-même. J'applaudirais à ton courage, si tu le montrais en faveur de ma patrie ; du moins je te rends la liberté, je t'affranchis de tout ce que les lois de la guerre me donnent le droit de te faire souffrir. » Alors Mucius, comme pour récompenser tant de générosité : « Puisque tu sais honorer le courage, lui dit-il, la reconnaissance fera ce que n'ont pu tes menaces. Nous sommes trois cents jeunes gens, des premières familles de Rome, qui avons juré de t'attaquer ainsi. Le sort m'a désigné le premier. Les autres, à mesure que viendra leur tour, se présenteront, jusqu'à ce que la fortune te livre à leur vengeance. »
Mucius, à qui la blessure qui le privait de la main droite fit donner depuis le nom de Scévola[19], partit, suivi bientôt des députés[20] de Porsenna. Ce premier danger, auquel l'avait dérobé seulement la méprise[21] de son ennemi, ce combat qu'il fallait recommencer autant de fois qu'il restait de conjurés[22], avaient fait sur l'esprit de ce prince une impression si profonde, qu'il proposa la paix aux Romains.

Tite-Live, *Histoire romaine*, Livre II,
traduction de G. Lamothe, Éd. Hatier.

17. Énigmatiques.
18. Dans les sacrifices, offerts aux dieux pour attirer leurs faveurs, on brûlait en partie sur l'autel les victimes animales égorgées.
19. Signifie en latin « le gaucher ».
20. Envoyés.
21. L'erreur.
22. Amis qui ont juré ensemble de tuer Porsenna.

Repérer et analyser

L'histoire racontée

1 Dans quelle ville l'action se déroule-t-elle ? Dans quel lieu précis ?

2 Qui sont les personnages principaux ?

3 **a.** Quelle est la mission de Mucius ? Quelle méprise a-t-il commise ?

b. Quelles péripéties s'ensuivent-elles ?

c. Comment l'histoire se termine-t-elle ?

La figure du héros : le personnage de Mucius

4 De quelles qualités Mucius fait-il preuve ?

5 D'où son surnom de Scévola lui vient-il ? Appuyez-vous sur les notes.

La visée

6 **a.** Quelles sont les « vertus des Romains » ? Citez le texte.

b. Quelle image Tite-Live donne-t-il de Rome et des Romains ?

Enquêter

Les héros romains

Tite-Live a rapporté les débuts légendaires de la ville de Rome : grâce à lui, nous connaissons nombre de héros, particulièrement depuis la fondation de la ville jusqu'à l'instauration de la République.

Renseignez-vous sur les plus célèbres d'entre eux :

– les hommes : Romulus, les Horaces, Horatius Coclès ;

– les femmes : Lucrèce, Clélie, les Sabines.

7 Établissez pour chaque personnage une fiche le présentant et retraçant ses exploits.

Chrétien de Troyes

Yvain ou le Chevalier au lion

Dans ses romans de chevalerie inspirés de la légende du roi Arthur, Chrétien de Troyes (XIIe siècle) illustre le thème de l'amour courtois : pour mériter sa dame, le chevalier doit vaincre de nombreux obstacles et montrer sa bravoure.

Ainsi, Yvain, qui n'a pas encore rencontré le lion qui deviendra son compagnon, doit subir de nombreuses épreuves pour reconquérir Laudine, la dame de son cœur. Au cours de ses pérégrinations, il est accueilli par une châtelaine qui se trouve en butte aux attaques d'un vassal révolté, le comte Alier.

Yvain fit un long séjour dans le pays. Un jour, le comte Alier descendit dans la ville avec sergents et chevaliers. Ils l'incendièrent et ravirent un grand butin[1]. Sitôt, tous les gens du château montèrent en selle et s'armèrent. Ils poursuivirent les pillards. Ils les rejoignirent à un passage où ces pillards les attendaient.

Messire[2] Yvain frappe où il peut dans la mêlée. Maintenant qu'il a pris un long repos il a retrouvé toute sa force. Il se jette si vivement sur le premier qu'il trouve sous son épée qu'il fait un seul monceau[3] du cheval et du chevalier ! Le glouton ne pourra se relever, l'échine brisée, le cœur lui crevant dans le ventre.

Messire Yvain se recule un peu puis recommence. Il se couvre de son écu[4]. Le temps de compter jusqu'à quatre et voici qu'il a désarçonné[5] quatre chevaliers, coup sur coup !

1. Vivres et richesses diverses pris aux ennemis après la victoire.
2. Seuls les nobles pouvaient être appelés « Messire ».
3. Tas.
4. Bouclier.
5. Jeté à bas de la selle.

Ceux qui sont de ses compagnons prennent courage et chacun veut entrer dans la mêlée.

Du haut de la tour de son château la dame a vu l'assaut et la défense et la prise du passage. Elle a vu beaucoup de blessés, beaucoup de tués de son parti comme de l'autre mais plus nombreux de celui-là. Messire Yvain le vaillant faisait demander grâce[6] aux ennemis comme le faucon fait aux sarcelles[7]. Tous ceux et toutes celles qui regardaient le combat disaient :

« Voyez quel brave champion[8] ! Voyez comme les ennemis plient devant lui ! Voyez comme il les attaque ! On croirait un lion parmi les daims quand la faim le prend et le jette en chasse !... Voyez comme il travaille de l'épée ! Jamais Roland ne fit avec Durandal si grand massacre de Turcs à Roncevaux ou en Espagne ! Si ce chevalier avait autour de lui quelques bons compagnons de sa valeur, le traître félon[9] de qui nous nous plaignons serait déconfit[10] dès ce jour et devrait s'éloigner d'ici en renonçant à grande honte[11] ! »

Ils disaient encore :

« Elle serait née à la bonne heure, celle qui aurait l'amour d'un tel chevalier, si fort aux armes et unique entre tous comme se dresse un cierge parmi les chandelles, comme brille la lune parmi les étoiles, comme luit le soleil en face de la lune. Il est l'objet d'admiration si grande que l'on voudrait qu'il épouse la dame de ce château et en gouverne la terre. »

Chrétien de Troyes, *Yvain ou le Chevalier au lion.*

6. Forçait les vaincus à demander grâce pour avoir la vie sauve.
7. Petits oiseaux de marais.
8. Combattant.
9. Traître rebelle qui agit contre la parole donnée.
10. Vaincu, défait.
11. En abandonnant le combat plein de honte.

Questions

Repérer et analyser

Le narrateur, le cadre, les personnages

1 À quelle personne le narrateur mène-t-il le récit ?

2 **a.** Relevez les indices qui montrent que l'action se passe au Moyen Âge.

b. Dans quel lieu Yvain se trouve-t-il ?

3 **a.** Qui sont les personnages acteurs ? Qui sont les personnages spectateurs ?

b. Qui parle dans les lignes 24 à 39 ?

Le héros épique

4 Délimitez les lignes qui relatent le combat.

a. Quel personnage Yvain doit-il défendre ?

b. Contre quel personnage se bat-il ? S'agit-il d'un combat singulier ? Justifiez votre réponse.

5 **a.** Quelle image le narrateur et les personnages donnent-ils d'Yvain ? Pour répondre, appuyez-vous dans l'ensemble de l'extrait sur les champs lexicaux de la violence et de la vaillance, les comparaisons que vous analyserez, les hyperboles et les types de phrases.

b. En quoi Yvain apparaît-il comme un héros épique ?

Le mode de narration et le regard du narrateur

6 À quel temps le récit du combat est-il fait ? Quelle est la valeur de ce temps ? Quel est l'effet produit ?

7 Relevez dans les lignes 7 à 17 les marques d'intervention du narrateur (types de phrases, expression). Sur quel ton raconte-t-il le combat et commente-t-il le comportement d'Yvain ? Quel est l'effet produit ?

La visée

8 Quelle est la principale visée de cet extrait ? Appuyez-vous sur l'ensemble de vos réponses.

Victor Hugo

Le Mariage de Roland

Dans sa grande épopée poétique La Légende des Siècles, *Victor Hugo (1802-1885) raconte le combat de Roland, neveu de Charlemagne et d'Olivier, fils du baron révolté Gérard. C'est un combat singulier : l'affrontement des deux héros décidera de la victoire de l'une ou l'autre armée.*

Le vieux Gérard dans Vienne
Attend depuis trois jours que son enfant revienne.
Il envoie un devin regarder sur les tours ;
Le devin dit : « Seigneur, ils combattent toujours. »

Quatre jours sont passés, et l'île et le rivage
Tremblent sous ce fracas monstrueux et sauvage.
Ils vont, viennent, jamais fuyant, jamais lassés,
Froissent le glaive au glaive et sautent les fossés,
Et passent, au milieu des ronces remuées,
Comme deux tourbillons et comme deux nuées.

Ô chocs affreux ! terreur ! tumulte étincelant !
Mais enfin Olivier saisit au corps Roland,
Qui de son propre sang en combattant s'abreuve,
Et jette d'un revers Durandal[1] dans le fleuve.

– « C'est mon tour maintenant, et je vais envoyer
Chercher un autre estoc[2] pour vous, dit Olivier.
Le sabre du géant Sinnagog est à Vienne.
C'est, après Durandal, le seul qui vous convienne.
Mon père le lui prit alors qu'il le défit[3].
Acceptez-le. »

1. Nom de l'épée de Roland. | 2. Une épée (mot médiéval). | 3. Quand il le vainquit.

Roland sourit. – « Il me suffit
De ce bâton. » – Il dit, et déracine un chêne.

Sire Olivier arrache un orme dans la plaine
Et jette son épée, et Roland, plein d'ennui[4],
L'attaque. Il n'aimait pas qu'on vînt faire après lui
Les générosités qu'il avait déjà faites.

Plus d'épées en leurs mains, plus de casque à leurs têtes.
Ils luttent maintenant, sourds, effarés, béants,
À grands coups de troncs d'arbre, ainsi que des géants.

Pour la cinquième fois, voici que la nuit tombe.
Tout à coup Olivier, aigle aux yeux de colombe,
S'arrête et dit :

– « Roland, nous n'en finirons point.
Tant qu'il nous restera quelque tronçon au poing.
Nous lutterons ainsi que lions et panthères.
Ne vaudrait-il pas mieux que nous devinssions frères ?
Écoute, j'ai ma sœur, la belle Aude au bras blanc :
Épouse-la.

– Pardieu ! je veux bien, dit Roland.
Et maintenant buvons, car l'affaire était chaude[5]. »

C'est ainsi que Roland épousa la belle Aude.

Victor Hugo, *La Légende des siècles*,
1re partie, X, « Le mariage de Roland ».

4. Contrarié.

5. Le combat nous a échauffés.

Questions

Repérer et analyser

Le combat

1 Quels sont les deux protagonistes du combat ?

2 **a.** Repérez les différentes phases du combat. Quelle en est l'issue ?
b. Quel est le temps utilisé pour raconter le combat ? Quel est l'effet produit ?

Le registre épique

3 Analysez le registre épique (voir p. 124). Pour répondre, relevez :
- le champ lexical du combat ;
- les effets d'amplification (exagération de la réalité) se référant à l'espace, au temps qui passe, à la force des personnages : avec quelles armes s'affrontent-ils ?
- les comparaisons ;
- l'expression qui caractérise Olivier au vers 30 ; sur quelle figure de style est-elle fondée ? Quelle image a-t-on de lui ?

4 **a.** Identifiez le mètre utilisé. Quel est l'effet produit par son rythme ?
b. Quels sont les termes mis en valeur dans les vers 21 et 24 ? Par quel procédé le sont-ils ?

La visée

5 Quelle est la visée de ce passage ? Quelle image est-elle donnée des personnages ?

Écrire

Écrire de façon argumentative

6 Vous avez certainement déjà vu des films dont le héros, paré de toutes les qualités physiques et morales, triomphe régulièrement de ses ennemis. Appréciez-vous ce type de films ? Pourquoi ? Argumentez votre réponse à l'aide d'exemples précis.

Honoré de Balzac

Bonaparte

Dans son roman Le Médecin de campagne, *Balzac consacre une vingtaine de pages à l'évocation de celui dont il voulait être l'égal dans le monde des lettres : Napoléon Ier. C'est un soldat ayant fait toutes les guerres de la Révolution et de l'Empire, le « grognard » Goguelat, qui raconte à la veillée ses souvenirs embellis par la nostalgie du passé. Il évoque ici Napoléon dans la campagne d'Italie (1796-1797) alors qu'il n'était encore que Bonaparte.*

Enfin, à preuve qu'il était l'enfant de Dieu, fait pour être le père du soldat, c'est qu'on ne l'a jamais vu ni lieutenant ni capitaine. Ah ! bien oui, en chef tout de suite. Il n'avait pas l'air d'avoir plus de vingt-trois ans, qu'il était vieux général, depuis la prise de Toulon, où il a commencé par faire voir aux autres qu'ils n'entendaient rien à manœuvrer les canons. Pour lors, nous tombe tout maigrelet et général en chef à l'armée d'Italie qui manquait de pain, de munitions, de souliers, d'habits, une pauvre armée nue comme un ver. – « Mes amis, qui dit, nous voilà ensemble. Or mettez-vous dans la boule que d'ici à quinze jours vous serez vainqueurs, habillés à neuf, que vous aurez tous des capotes[1], de bonnes guêtres[2], de fameux souliers ; mais, mes enfants, faut marcher pour les aller prendre à Milan, où il y en a. » Et l'on a marché. Le Français, écrasé, plat comme une punaise, se redresse. Nous étions trente mille va-nu-pieds contre quatre-vingt mille fendants[3] d'Allemands, tous beaux hommes bien

1. Grand manteau militaire.
2. Enveloppe de tissu ou de cuir qui recouvre le haut de la chaussure et le bas de la jambe.
3. Bravaches, fanfarons, matamores.

garnis, que je vois encore. Alors Napoléon, qui n'était encore que Bonaparte, nous souffle je ne sais quoi dans le ventre. Et l'on marche la nuit, et l'on marche le jour, l'on te les tape à Montenotte ; on court les rosser à Rivoli. Lodi, Arcole, Millesimo, et on ne te les lâche pas. Le soldat prend goût à être vainqueur. Alors Napoléon vous enveloppe ces généraux allemands qui ne savaient où se fourrer pour être à leur aise, les pelote très bien, leur chipe quelquefois des dix mille hommes d'un seul coup en vous les entourant de quinze cents Français qu'il faisait foisonner[4] à sa manière. Enfin, leur prend leurs canons, vivres, argent, munitions, tout ce qu'ils avaient de bon à prendre, vous les jette à l'eau, les bat sur les montagnes, les mord dans l'air, les dévore sur terre, les fouaille[5] partout. Voilà des troupes qui se remplument[6] ; parce que, voyez-vous, l'Empereur, qu'était aussi un homme d'esprit, se fait bien voir de l'habitant, auquel il dit qu'il est arrivé pour les délivrer. Pour lors, le péquin[7] nous loge et nous chérit, les femmes aussi, qu'étaient des femmes très judicieuses. Fin finale, en ventôse, qu'était dans ce temps-là le mois de mars d'aujourd'hui, nous étions acculés dans un coin du pays des marmottes ; mais après la campagne, nous voilà maîtres de l'Italie, comme Napoléon l'avait prédit. Et au mois de mars suivant, en une seule année et deux campagnes, il nous met en vue de Vienne : tout était brossé. Nous avions mangé trois armées successivement différentes et dégommé[8] quatre généraux autrichiens dont un vieux qu'avait les cheveux blancs et qui a été cuit comme un rat dans les paillassons, à Mantoue. Les rois demandaient grâce à genoux ! La paix était conquise. Un homme aurait-il pu

4. Abonder.
5. Frapper à coups de fouet.
6. Reprennent du poids.
7. Désigne le civil, en argot militaire.
8. Éliminé.
9. Allusion au miracle de la multiplication des pains par le Christ.

faire cela ? Non, Dieu l'aidait, c'est sûr. Il se subdivisionnait comme les cinq pains de l'Évangile[9], commandait la bataille le jour, la préparait la nuit, que les sentinelles le voyaient toujours allant et venant, et ne dormait ni ne mangeait. Pour lors, reconnaissant ces prodiges, le soldat te l'adopte pour son père. Et en avant ! les autres, à Paris, voyant cela, se disent : « Voilà un pèlerin qui paraît prendre ses mots d'ordre dans le ciel, il est singulièrement capable de mettre la main sur la France ; faut le lâcher sur l'Asie ou sur l'Amérique, il s'en contentera peut-être ! » Ça était écrit pour lui comme pour Jésus-Christ. Le fait est qu'on lui donne ordre de faire faction[10] en Égypte. Voilà sa ressemblance avec le fils de Dieu.

Balzac, *Le Médecin de campagne* (1833).

10. Faire le guet.

Questions

Repérer et analyser

La situation d'énonciation

1 Qui est le narrateur dans ce passage ? Appuyez-vous sur le hors-texte.

2 **a.** Quel est le niveau de langage utilisé ? Justifiez votre réponse. Appuyez-vous pour répondre sur le lexique et la syntaxe (la construction des phrases).

b. Comment expliquez-vous ce niveau de langage ?

3 Qui parle dans les lignes 10 à 14 ?

La figure du héros : le personnage de Bonaparte

4 À qui le narrateur compare-t-il Bonaparte ? Appuyez-vous sur les lignes du début et sur la fin de l'extrait.

5 Relevez les passages dans lesquels le narrateur signifie que Bonaparte est proche de Dieu.

6 En quoi Bonaparte se distingue-t-il des autres chefs ? Appuyez-vous sur les lignes 1 à 9.

7 **a.** Relevez les passages dans lesquels le narrateur montre que Bonaparte a des qualités militaires.

b. Quelles sont ces qualités militaires ? Quelles sont les autres qualités de Bonaparte ?

La visée

8 Quelle image le narrateur cherche-t-il à donner de Bonaparte dans ce texte ?

Lucie Aubrac

Ils partiront dans l'ivresse

Lucie Aubrac (née en 1912) relate, sous forme de journal, quelques mois cruciaux de sa vie de résistante à Lyon. Son mari, Raymond Aubrac, membre important de la Résistance, a été arrêté en même temps que Jean Moulin, le 21 juin 1943, torturé par Klaus Barbie, chef de la Gestapo lyonnaise, et condamné à mort. Lucie Aubrac, enceinte de leur deuxième enfant, tente tout pour le sauver : à la faveur d'un transfert de cellules, elle décide avec les compagnons de Raymond d'attaquer en pleine ville le camion allemand transportant les prisonniers. Elle s'est procuré des revolvers munis, chose nouvelle, de silencieux…

Jeudi 21 octobre 1943

[…] Je suis là, debout, un peu lourde. J'entame le sixième mois. L'odeur d'huile et d'essence me barbouille le cœur. Je suis là, sans me décider à partir, avec ces garçons prêts pour ce soir. Ils savent qu'ils s'engagent dans une affaire difficile et périlleuse. Plusieurs ont femme et enfants. Ils savent qu'ils vont sauver un homme qui était l'un des dirigeants de l'Armée secrète. Je leur ai dit, depuis longtemps, qu'il était mon mari. Ils connaissent la force de mon amour, ma détermination, ma volonté de vaincre. Plus que tout, ils me savent gré d'avoir pris, malgré ma grossesse, les mêmes risques qu'eux ces derniers mois, et d'être avec eux ce soir, en combattant comme les autres. Entre nous, la fraternité, l'estime sont totales, c'est pour ça qu'il ne peut pas y avoir de désertion. Tout simplement, je les quitte. « À ce soir, les gars, chacun à sa place à partir de cinq heures et demie. » À la porte du garage, je me retourne pour un dernier salut. Sous la lumière tamisée par les vitres du toit passées au bleu[1], cinq hommes, debout, me regardent m'éloigner. Mon dernier souvenir : Alphonse claque la porte sans vitre de la traction[2], tandis que José et Février s'essuient lentement les mains dans un chiffon graisseux.

[...] À cinq heures et demie, je suis assise à l'arrière de la traction, derrière le chauffeur. Pourvu que le portail de l'École de santé[3] s'ouvre vite et que nous n'attirions pas l'attention si nous sommes là longtemps ! À six heures moins cinq, le dernier acte s'annonce : en lever de rideau deux soldats allemands viennent contrôler la très rare circulation sur l'avenue Berthelot. Christophe met en marche. Le portail s'ouvre, voilà la camionnette qui sort de la rue perpendiculaire à l'avenue. Elle s'engage dans l'avenue et prend de la vitesse, nous suivons. Aucun de nous ne parle. Daniel tient sa mitraillette sur ses genoux. Je serre le pistolet dans ma main. Virage à gauche, nous sommes boulevard des Hirondelles.

Je dis à Christophe : « À nous. »

Il accélère. Nous arrivons à hauteur de la cabine du chauffeur. Daniel tire, on n'entend aucun bruit de détonation. Il se passe alors quelque chose de stupéfiant : le fourgon allemand ralentit, s'arrête sans heurt au bord du trottoir. « Tu les as ratés », dit Christophe. Pendant que nous sortons par la portière de gauche, pour nous mettre à l'abri derrière notre voiture, nous voyons s'effondrer sur son volant le chauffeur allemand, tandis que le soldat voisin se couche sur lui. À l'arrière, les gardes, surpris de cet arrêt sans raison, sautent, leurs armes à la main. Les copains, eux, ont déjà pris posi-

1. Les vitres sont teintées pour que la lumière intérieure ne soit pas repérée.
2. Automobile à traction avant.
3. C'est dans les locaux de l'École de santé militaire, avenue Berthelot, que la Gestapo interrogeait et torturait les résistants.

tion derrière leur voiture ; l'un des gardes, plus rapide, fait un roulé-boulé[4] et disparaît dans la tranchée du chemin de fer. En deux minutes nous avons vidé nos chargeurs, les Allemands aussi. Mais ils sont tués. En plein combat, à la lueur des phares de nos voitures, je vois Raymond sauter avec un autre homme lié à lui. Je crie :

« Attention, la gabardine[5] c'est Raymond.

– Merde, dit Lyonnet, en détournant sa mitraillette, je l'ai touché. »

Maurice appelle Raymond, les menottes sont coupées avec les pinces spéciales, et ils filent dans la troisième traction vers le refuge prévu. Pendant ce temps, les copains transfèrent dans notre camionnette le reste des prisonniers.

Lucie Aubrac, *Ils partiront dans l'ivresse*,
coll. « Points Actuels », Le Seuil.

4. Culbute vers l'avant, où l'on se met en boule pour se protéger du choc.
5. Imperméable.

Questions

Repérer et analyser

La situation d'énonciation et le genre de l'extrait

1 **a.** Qui est la narratrice ?

b. En quoi cet extrait se présente-t-il comme un journal ?

Le récit des événements

2 Quelle action la narratrice et ses compagnons ont-ils préparée ? Contre qui ? Quel en est l'enjeu ?

3 Quels événements s'enchaînent à partir de la ligne 22 ?

4 Pourquoi Christophe affirme-t-il à la ligne 39 : « Tu les as râtés » ?

5 Quel rythme la narratrice confère-t-elle à son récit ? Appuyez-vous sur la longueur des phrases et leur enchaînement. Montrez qu'elles sont en général juxtaposées.

La figure du héros : Lucie Aubrac

6 **a.** Montrez que la narratrice et ses compagnons de lutte partagent les mêmes dangers, les mêmes responsabilités.

b. Quelles sont les qualités de Lucie Aubrac qui font d'elle une héroïne ? Pour quelle raison son état rend-il son action plus héroïque ?

c. Quels sont les sentiments qui la poussent à agir ?

Écrire

Changer de point de vue

7 Racontez le même épisode du point de vue de Raymond Aubrac, qui se trouve dans la camionnette de la Gestapo.

Enquêter

La résistance

8 Constituez un dossier présentant les grandes figures de la Résistance intérieure française sous l'Occupation.

Gotlib et Lob

Superdupont

Le dessinateur Marcel Gotlib (né en 1934) a créé, avec le scénariste Jacques Lob (né en 1932), le personnage de Superdupont pour la revue Pilote. *Ce personnage, qui sera repris ensuite par d'autres dessinateurs, est un « super-héros 100 % français » qui parodie les super-héros américains. Voici comment commence sa première aventure.*

Extrait de Superdupont, tome 1 © Lob, Gotlib, Éditions Fluide Glacial, 1992.

Questions

Repérer et analyser

La situation d'énonciation et le genre de l'extrait

1 Qui sont les auteurs de cet extrait de bande dessinée ?

2 Qui le pronom « vous » désigne-t-il ?

3 Combien y a-t-il de vignettes ? Quel est leur format ?

4 Caractérisez le lettrage (dessin des lettres) du titre et sa disposition dans l'espace de la page. Quel est l'effet produit ?

La parodie

La *parodie* est une imitation caricaturale d'une œuvre connue.

5 De quel héros célèbre cet extrait de bande dessinée fait-il la parodie ? Pour répondre, appuyez-vous sur :
- le sens du préfixe « super » dans les termes « Superhéros », « Superdupont » ;
- le costume du personnage.

6 **a.** Quel est l'effet produit par l'enchaînement des vignettes 2 et 3 ?

b. Quel est le sens de l'adjectif « altière » ? En quoi est-il comique dans ce contexte ?

c. Pour quelle raison le personnage prête-t-il à sourire ? Appuyez-vous sur le dessin et le texte.

La visée

7 Quelles sont les visées de cet extrait de première page de bande dessinée ?

Le Cid et les arts

L'histoire du Cid a inspiré de nombreux artistes, dans des domaines très divers : peinture, gravure, sculpture, cinéma, littérature…

La gravure

Apparue à la fin du XIVe siècle en Occident, la gravure se développe particulièrement au cours des XVIIe et XVIIIe siècles. Il existe deux types de gravures, selon le procédé utilisé : la **gravure sur bois** ou xylographie, est la plus ancienne et domine jusqu'au XVe siècle ; la **gravure sur métal** (la plupart du temps, il s'agit de cuivre), dont la plus répandue s'appelle **l'eau-forte**. Tout d'abord, un dessin préparatoire est réalisé afin d'obtenir un tracé précis. Le motif que l'on veut reproduire peut ensuite être réalisé **en relief** (on creuse le bois tout autour du dessin) ou **en creux** (on creuse dans le cuivre les lignes du dessin, ce qui permet une plus grande variété de tons). On recouvre la plaque d'encre, puis on appose sur cette plaque une feuille de papier et on passe le tout sous une **presse**, machine qui presse fortement les deux éléments l'un contre l'autre. L'image imprimée obtenue est appelée **estampe**. Au fur et à mesure que les techniques se développent, les plaques deviennent plus solides, les dessins plus durables et on peut ainsi reproduire l'image en plus d'exemplaires.
La gravure du XVIIe siècle représentant une bataille entre Maures et Chrétiens (p. 11) permet, outre son intérêt pour la compréhension du contexte historique, d'observer la technique de gravure de l'époque. D'une manière générale, de nombreux graveurs se sont employés à illustrer des scènes du *Cid*, comme par exemple Gravelot en 1774.

> *Vous trouverez la reproduction de cette gravure p. 31.*
Le questionnaire associé à cette image se trouve p. 188.

La sculpture

Les sculpteurs se sont montrés particulièrement inspirés par cette pièce. Une statue du Cid, *El Cid Campeador*, a été par exemple placée dans les allées du Balboa Park, à San Diego, en Californie. **Juan Carlos Cristobal**, quant à lui, a réalisé une **statue équestre** (c'est-à-dire un personnage montant un cheval) représentant Rodrigue et que l'on peut admirer à Burgos, une ville du Nord de l'Espagne. Elle a été inaugurée en 1955. D'une manière générale, les représentations du Cid mettent en avant le courage et l'esprit guerrier.

> *Vous trouverez la reproduction de la statue de Cristobal p. 163. Le questionnaire associé à cette image se trouve p. 188.*

Le théâtre

Le Cid est l'une des pièces les plus jouées en France. Lors de la première représentation, le rôle de Rodrigue était tenu par **Montdoy**, considéré comme le meilleur comédien de l'époque.
En 1954, la pièce à été jouée au Théâtre national populaire, avec Gérard Philippe en don Rodrigue et Georges Wilson en don Gomès, dans une mise en scène de Jean Vilar (p. 56). On peut aussi évoquer la mise en scène de **Paul Émile Deiber** à la **Comédie-Française** en 1963 (p. 24), celle de **Terry Hands** (1977) dans le même théâtre (p. 151), mais aussi celle de **Brigitte Jacques-Wajeman** (2005), avec Alexandre Pavloff dans le rôle de Rodrigue et Audrey Bonnet dans celui de Chimène. Le théâtre du Vieux-Colombier a lui aussi fait jouer la pièce, en 2006 ; les costumes des personnages principaux ont fait l'objet de dessins préparatoires d'André Boll (p. 87).
La représentation la plus intéressante du point de vue du parti pris est sans doute celle proposée en 2009 par **Thomas Le Douarec**, au Théâtre Comédia à Paris. Il s'agit d'une **interprétation flamenca** (le flamenco est une danse traditionnelle espagnole), tournée vers la danse et les jeux de lumière, de son et de couleur.

> *Vous trouverez une photographie de cette représentation théâtrale en plat 3 de couverture.*
Le questionnaire associé à cette image se trouve p. 187.

Le cinéma

L'art cinématographique s'est également emparé du mythe du Cid. On peut citer le film *Le Cid*, réalisé en 1961 par **Anthony Mann**. Charlton Heston y joue Rodrigue et Sophia Loren la belle Chimène. Ce film a été salué par la critique et nommé pour trois Oscar.

> *Vous trouverez une photographie prise lors du tournage du film p. 15. Le questionnaire associé à cette image se trouve p. 188.*

Étudier un tableau : Fragonard, *Le Cid et son père*

Vous retrouverez la reproduction du tableau de Fragonard en plat 2 de cet ouvrage.

Identifier le tableau

1 Faites une recherche sur Fragonard.

2 Identifiez la scène de la pièce qui est représentée ici.

Décrire le tableau

3 Décrivez le décor du tableau.

4 Observez le ciel. Que laisse-t-il présager ? Sa couleur vous paraît-elle en accord avec l'action qui est en train de se dérouler ?

5 Comment Rodrigue est-il habillé ? Que porte-t-il à la ceinture ?

6 Quelle est la couleur dominante de chacun des deux personnages ? Pourquoi, selon vous ?

Mettre le tableau en relation avec la pièce

7 **a.** Quel est le nom complet du père de Rodrigue ?
b. Quelle est l'attitude de ce personnage ici ? Dans quel but ?

8 Quel personnage adopte une attitude passive ? Quel est celui qui a une attitude active ?

9 Cet tableau vous paraît-il fidèle à l'atmosphère de la pièce de Corneille ? Justifiez votre réponse.

Étudier une photographie : représentation théâtrale du *Cid*

Vous retrouverez la photo de la représentation théâtrale du *Cid* en plat 3 de cet ouvrage.

Caractériser l'image

1 Quelle est la nature de cette image ?

2 Quel est le nom du metteur en scène ?

3 **a.** Faites une recherche sur le terme « flamenca ».

b. Le choix de ce thème vous paraît-il en accord avec la pièce de Corneille ? Justifiez votre réponse.

c. Quelles sont les couleurs dominantes ? Établissez un lien avec le fait qu'il s'agisse d'une représentation « flamenca ».

Identifier la scène représentée

4 Identifiez les deux personnages.

5 Quel moment de la pièce est représenté ici ?

Étudier l'attitude des personnages et la portée de la scène

6 **a.** Que tient le personnage féminin dans ses mains ?

b. Quelle est son attitude ? Pour quelles raisons ?

c. Quelle est l'attitude de l'homme ? Pour quelles raisons ?

Étudier une gravure, une statue, un film

Une gravure représentant une scène du *Cid* (p. 31)

1 Qui est l'auteur de cette gravure ? Où cette gravure est-elle conservée ?

2 « Ton impudence, téméraire vieillard, aura sa récompense. » Quelle scène de dispute est représentée ici ? Quelle en est l'origine ?

3 Décrivez les vêtements des personnages. À quelle catégorie sociale appartiennent-ils ?

4 À quels différents types d'architecture le décor renvoie-t-il ?

5 À quel pouvoir renvoie le blason au centre de l'arche à droite ? Quelle peut en être la signification concernant la scène qui est en train de se dérouler ?

Une statue représentant le Cid à cheval (p. 163)

6 Où cette statue se trouve-t-elle ? Qui en est l'auteur ? À quelle date a-t-elle été inaugurée ?

7 Qu'est-ce qu'une statue équestre ?

8 À quel grand épisode de la pièce cette statue rend-elle hommage ?

9 Le Cid vous paraît-il adopter une attitude de conquérant ? Pourquoi ? Pour répondre, appuyez-vous sur la position de son corps et sur la direction de son regard.

Une photo de Chimène dans une adaptation cinématographique du *Cid* (p. 15)

10 Quand ce film a-t-il été réalisé ? Par qui ?

11 Quel est le personnage photographié et par quelle actrice le rôle est-il joué ?

12 Observez le costume et le décor. Correspondent-ils à l'époque à laquelle est censée se dérouler la pièce de Corneille ?

13 Quelle est l'attitude de la jeune femme ? Selon vous, cela correspond-il à la personnalité que lui attribue Corneille ?

Petit lexique du théâtre classique

Alexandrin : vers de douze syllabes.

Anaphore : reprise successive du (des) même(s) terme(s) en tête de plusieurs vers ou de plusieurs phrases.
« *Mon bras* qu'avec respect toute l'Espagne admire,
Mon bras, qui tant de fois a sauvé cet empire » (*Le Cid*, v. 241-242)

Antithèse : termes de sens opposés, accolés ou mis en parallèle, de façon à rendre plus frappante leur opposition.
« Votre espérance est *morte*, et votre esprit *guéri* » (*Le Cid*, v. 1604)

Césure : coupe centrale qui divise un alexandrin en deux parties égales (très fréquente chez Corneille).
« Je nage dans la joie, / et je tremble de crainte » (*Le Cid*, v. 1006)

Coupe : pause de la voix dans la lecture d'un vers. Les pauses déterminent le rythme du vers.
« D'un soufflet. / L'insolent en eût perdu la vie » (*Le Cid*, v. 269)

Dénouement : fin d'une pièce de théâtre, où se trouve résolu (« dénoué») le conflit et fixé le sort des personnages.

Didascalie : dans un texte de théâtre, tout ce qui n'est pas dit par les personnages. Le nom du personnage qui parle (en lettres capitales), les indications de gestes ou de ton (en italiques) sont des didascalies, destinées au lecteur.

Diérèse : dans un vers, dissociation en deux syllabes d'un groupe vocalique que l'on prononce normalement en une seule syllabe. Les diérèses sont très fréquentes chez Corneille.
« De ce jeune héros les glori-eux exploits » (*Le Cid*, v. 865-866)

Enjambement : groupe grammatical qui se poursuit au-delà du vers, sur le vers suivant. La présence d'un enjambement empêche de marquer une pause à la fin du premier vers.
« Ah ! quelle cruauté, qui tout en un jour tue
Le père par le fer, la fille par la vue » (*Le Cid*, v. 865-866)

Exposition : au début d'une pièce de théâtre, présentation de tous les éléments nécessaires à la compréhension de l'action. Il peut y avoir une ou plusieurs scènes d'exposition.

Gradation : succession de plusieurs termes, organisée selon une progression ascendante.
« Va, cours, vole » (*Le Cid*, v. 290)

Hémistiche : moitié d'un alexandrin (six syllabes).

Hyperbole : insistance qui consiste à exagérer la formulation d'une réalité.
« Je meurs de faim. » (pour : « J'ai très faim. »)

Litote : figure de style consistant à présenter sa pensée de façon atténuée (souvent à l'aide d'une tournure négative) pour faire comprendre plus en disant moins.
« Il n'est pas sot », pour faire comprendre « Il est intelligent ».

Métaphore : comparaison dans laquelle n'apparaît pas le terme comparatif (comme, pareil à...).
« Ma flamme », métaphore pour « mon amour » (brûlant comme la flamme).

Métonymie : figure de style consistant à désigner un objet (ou une idée) en recourant à un élément qui lui est associé.
« Le fer » désigne l'épée (la matière pour l'objet) ;
« le sceptre » désigne l'autorité royale (l'objet symbolique pour l'idée).

Mètre : vers comprenant un nombre déterminé de syllabes. L'alexandrin est un mètre pair.

Monologue : passage d'une pièce de théâtre où un personnage, seul sur scène, se parle à lui-même.

Oxymore : groupe nominal composé d'un nom et d'un adjectif dont les sens s'opposent radicalement. L'oxymore est une forme d'antithèse.
« Juvénile vieillard ».

Péripétie : événement imprévisible qui modifie le cours de l'action.

Périphrase : groupe de mots désignant un objet ou une idée là où un seul mot pourrait suffire.
« L'auteur de mes jours », pour « mon père ».

Quiproquo : malentendu qui advient lorsqu'on prend une personne ou une situation pour une autre.

Rejet : groupe grammatical qui se poursuit au-delà du vers, sur un ou deux mots seulement du vers suivant (ce qui le distingue de l'enjambement).

Répétition : figure de style consistant à utiliser un même terme à plusieurs reprises dans un but d'insistance.

Stances : poème d'un ton personnel et plein de gravité. Chacune des strophes qui le compose est une stance (au singulier).

Tirade : longue réplique prononcée par un même personnage destinée à soutenir une opinion, à émouvoir ou à informer.

Index des rubriques

Repérer et analyser

À l'oral

Écrire

Table des illustrations

plat 2	ph ©	Stair Sainty, London / The Bridgeman Art Library
2h	ph ©	Mas/Archives Hatier
2h	ph ©	Archives Hatier
2mg	ph ©	Giraudon / The Bridgeman Art Library
2bd	ph ©	The Bridgeman Art Library
4	ph ©	ND-Viollet
11	ph ©	Archives Hatier
15		Coll. Christophe L
17 à 184	ph ©	Archives Hatier
24	ph ©	CDDS
31	ph ©	J. L. Charmet / The Bridgeman Art Library
49	ph ©	Archives Hatier
56	ph ©	CDDS
76, 83	ph ©	Bulloz / RMN
87, 104	ph ©	Archives Hatier
110, 122		Coll. Viollet
140	ph ©	Archives Hatier
151	ph ©	CDDS
155		Coll. Viollet
163	ph ©	Archives Hatier
182	©	Lob, Gotlib, ed. Fluide glacial, 1992
plat 3	ph ©	Bernard Richebé

PAPIER À BASE DE FIBRES CERTIFIÉES

Hatier s'engage pour l'environnement en réduisant l'empreinte carbone de ses livres. Celle de cet exemplaire est de : 300 g éq. CO_2

Rendez-vous sur www.hatier-durable.fr

Iconographie : Hatier Illustration

Principe de maquette : Mécano-Laurent Batard

Mise en page : Alinéa

Relecture : Julie Trenque

Dépôt légal : 96319-3/06 - septembre 2017

Achevé d'imprimer par Black Print CPI Ibérica S.L.U.- Espagne